亦舒作品

悠悠我心

亦舒
- 作品 -
09

湖南文艺出版社
HUNAN LITERATURE AND ART PUBLISHING HOUSE
博集天卷
CS-BOOKY

悠悠我心

目录

悠悠我心

壹·

少年都有个本领，
长辈忠告，
都可以当作耳边风。

电视荧幕上，一个政客脸容肃穆地说：“民主，指公众不可能得到期望中一切，但是必须在制度内尽力而为，带来改进。”

这是一间病房，四周放满名贵花束，很明显，中年男病人已在此住了一段日子。

他脸容瘦削，双眼已失却神采，干涸嘴唇紧闭，似还剩下最后一丝意志，他鼻孔插着氧气管，一动不动，坐在轮椅上呆看电视。

电视上那政客，本是他竞争对手。

终于，他吁出一口气，熄掉电视机。

在这里躺了个多月，他们不知道，他已悄悄贮够药物，令自己有尊严地离开这个世界，身体健康部分，则可全部捐献有需要人士。

他在等待的，也是一颗心脏。

等无可等，医生釜底抽薪，先用一枚拳大机械泵，置入他胸膛，暂时操作。

机械可运作一个月，之后，他生命是未知数，一个人是否勇敢，在这种时候可以看出。他平和地与医生说，他不需要再次复苏，他只接受肉心，如不，让他平安过渡。

医生拒绝作答，他已做好准备。

年轻漂亮的看护进来，又出去。

病房门虚掩。

他已拒绝探访，听到别的病房有亲友进出，他略觉后悔。

可是，想见谁呢？他有两个前妻，却不想打扰她们。一直没有子女，健康之际又不愿看生育科医生，坚持没有毛病。

他毫无牵挂，只剩下几天了。

刚想把轮椅挪到窗前，忽然看到一只小小红色皮球自门角滚进。

皮球，今日的孩子早已放弃这种原始玩具，连坐婴儿车的幼儿都夸张地按着电子游戏机。

这是谁?

有人在门外轻轻问:“对不起,可以进来拾球吗?”声音稚嫩,分明是个小女孩。

还有什么不可以的。

他清清喉咙:“请进。”声音沙哑,连自己也吓一跳。

门推开,一个十一二岁小女孩笑着轻轻走进。

他倒是一怔,从没见过这样秀丽的小脸,皮子雪白,天生蛾眉,大眼明亮,梳双辫,穿一条淡蓝色裙子,白袜漆皮鞋,打扮文雅,谈吐得体,他自心里喜欢。

“球在这里。”

他轻轻拨过去,小女孩弯腰拾手中:“谢谢你。”

她轻轻走回门边,本来,这次邂逅应当结束。

但小女孩忽然转过头,这样说:“不要不高兴。”

他抬头:“什么?”

小女孩微笑:“今天傍晚,医生会带好消息给你。”

他不禁好笑:“你知道我是什么样的病人?我在等候一颗心脏。”

啊,不对,怎可如此唬吓小孩,他立刻后悔:“去,回到你家长身边。”

小女孩微笑，走近，凝视他双目：“你会得到一个少女的心。”

他被她碧清双目镇住。

“你会活到八十多岁。”

“什么？”

这时走廊有人叫唤：“球球，你在哪里？球球，我们要走了。”

那女孩拍拍他手臂，转头走出他的病房。

“啊，你在这里，与谁说话，不可打扰病人。”

声音渐渐远去。

他踌躇，这漂亮的小女孩好不奇怪，她说什么？幼儿反过来安慰他。欸，不知哪家有那么可爱灵巧的孩子。

他觉得疲乏，渐渐盹着，心想：如能一眠不起……

不知过多久，病房忽然走进大堆人，“醒醒，向先生，醒醒，准备进手术室！”

他睁开双眼。

医生对着他咧开嘴，自内心笑出：“我就知道事有转机，绝处逢生，这番看我妙手回春。”

看护补充一句："向先生，我们得到你要的心了。"

他震惊，作不得声，脸上一片茫然。

"向先生，你还来得及九月参选。"

服务员推着他的轮椅，像飞一般进入升降机，直往手术室。

他目瞪口呆，不知说什么才好。

他离开病房之后，看护在他枕头底发现一批药丸，她叹气，摇头，"英雄只怕病来磨。"静静把药丸收起。

走到家族等候室，看到情绪辅导员正安慰一位垂泪的中年妇女。

"令爱遗爱叫人永志不忘，将有七人因她捐赠的器官重获或改进生命，叫大家感动。"

中年妇人抬头问："谁得到她的心脏？"

"一位向先生，他重获生命后将竞选检察部长一职。"

"呵，我可以见他一面否？"

"当然可以。"

"见到他，也如同见到女儿一样了，那是她的心脏，他们说，细胞会有记忆。"

另外有亲属聚拢，辅导员轻轻走近看护。

看护低声说："向先生得的，是一颗少女的心？"

"是，十九岁，车祸，脑干死亡。"

两个年轻护理人员呼着气缓缓走开。

八个月过去了，时间过得真快。

那叫球球的小女孩，已经开始发育，并升上高中。

她的母亲胡太太是一个开明的职业妇女，在天文馆任职，半个科学人员，立即置了大量生理卫生书籍及影片，与女儿一起解读。

胡球问："可以邀请女同学一起否？"

"各个家庭想法有异，己所欲，亦不可施于人。"

"外婆也这样教育妈妈吗？"

"外婆已算得文明，只含糊其辞说些表面现象。"

"你说那已很难得。"

"我不能明白。"胡太太忽然发起牢骚，"这有什么难以启齿之处，人体天生如此，一半成年人拥有的器官，另一半人都看过，我不是说大家就该天体，但正像呼吸系统、消化系统，及血液循环系统一般，越解释详尽越好。"

胡球轻轻说："我们说到——"

胡家用人兼保姆及管家进来说："琴老师来了。"

星期天还是胡球学习小提琴的时段。

胡太太与丈夫一同看电视新闻。

胡先生这样说："不如改学其他乐器，每周末我听到球球走调尖刻琴声就觉得受罪，太太，毛骨悚然啊，分明一点天分也无。"

胡太太叹气："但老师说勤有功。"

"天分者，乃天生才华，学不来借不动，根本无须努力。"

"胡说，天分指对学习有不断的兴趣，不怕吃苦。"

"胡夫人，我俩意见分歧。"

这时电视新闻吸引他俩注意。

"——向明以塌坡式压倒性票数赢得当选本届检察部长一职，他的竞选团队说：这是一项奇迹，一年前向明因先天性心脏病住院，医生认为他生存机会只得十个巴仙[1]，今日，他站胜利台上，向手术医生及护理人员致谢，在他右边的女子是向氏的什么人？呵，是捐赠器官给他那名少女的母亲！哗，感人肺腑，在当选后才披露此事倍见风度，他不靠同情票数……"

胡先生啧啧称奇："一点也不像病人。"

---

[1] 巴仙：港话，百分之一百或 100 percent（粤语译音为 per- 仙）。

“现场人人泪盈于睫。”

“西医科学发展令人满意，早在上世纪六十年代[1]，已可换心，试想想，剖开胸膛，切出心脏——”

“现在还差人工孵殖器官四肢，还有脊椎科神经——”

“非洲儿童仍患痢疾呢。”

这时胡球走进会客室：“咦，他气色好多了，外表年轻十年。”

胡太诧异：“你什么时候见过这个人？”

“他的头发也长回来了。”

胡先生说：“他年纪并不大，才三十六岁，堪称年轻有为。”

胡太太笑：“他有一颗非常年轻的心。”

琴老师唤：“球球，你还得练琴。”

老师离去以后，胡球要求放弃学琴。

胡太太捶胸：“太没出息。”

胡先生咕哝：“改错名字，胡球无求。”

胡球笑嘻嘻：“我就知道我不会弹出成绩来。”

---

[1] 上世纪六十年代：指二十世纪六十年代。

“学琴为着培养文化，并非要上台演奏。”

胡先生问：“你是预言家，你还看到什么？”

胡球取起母亲的茶杯，佯装解读杯底茶叶，用女巫似的沙哑口气说：“我看到胡球庸庸碌碌快快活活过一辈子。”

胡先生笑得翻倒：“那你未来的衣食住行全归父母了？”

胡太太没好气：“还笑得出。”

“噫，球球会未卜先知，那是一项难得天赋。”

这时女佣又来通报：“先生，有人送礼物来。”

“嗄，谁？”

一个年轻女子微笑恭敬说：“我是向明先生助手土井，我送糖果给胡球小妹妹。”

“胡球，你出来一下。”

胡球站到门前。

那年轻助手意外：“你是胡小妹妹，竟长这么高了，简直是小少女。”

是，女大十八变。

送来那盒巧克力，足有枱面[1]大小，红色丝绒心形盒

[1] 枱面：意为桌面。

子，像是那种情人节送女友的重礼。

另外半打小小红皮球，正是胡球惯常握手中用来减压那款。

胡太太忍不住问："向先生怎么认识小女？"

"他说卧病期间在医院遇见小妹妹，在他最低沉的一刻，她鼓励了他。"

有这种事！胡太太大奇。

"向先生本应亲自上门道谢，又觉唐突，故叫我走一趟。"

她放下礼物离去。

胡先生把女儿叫近："球球可以把经过说一下吗？"

胡球笑答："我一看就知道他可以活到八十多。"

她捧着糖果回房。

胡太太问："我们几时去过医院？"

"年头往[1]探姨婆，曾带球球同往。"

"姨婆已不在人世。"

"球球越来越怪。"

"嘿，都说到十五六岁，举止将如外星人一般。"

---

[1] 往：这里是"去"的意思，香港用语习惯，后文多同。

“我会郑重期待那一天来临。”

那样正常父母，胡球算是性格奇特。

她躲在房间边吃巧克力边读《福尔摩斯全集》，身边还有一本魔术大师的《胡典尼传奇》[1]。

胡太太说：“糖吃太多无益，”把大盒抱走，“书本字样太小，近视会加深，欸，已经五百度。”

少年都有个本领，长辈忠告，都可以当作耳边风。

耳边风，这三字不知由谁首先启用，真叫胡太太佩服。

“妈妈，福尔摩斯的侦探理论是：把所有不可能因素剔除，剩下的，无论多叫人意外，便是真相。”

“我们该温习没有，测验将近。”

“妈妈迄今未能接受我不会是一个 A 级学生。”

“球球，多读一遍，即可晋级。”

“我也完全不觉得为何要辛辛苦苦取得最高分。”

胡太太忍不住讽刺：“学校不幸没有福尔摩斯这一科。”

这时计算机叮叮响，表示有小朋友找胡球聊天。

胡太太气极找自家朋友喝茶去。

---

[1] 胡典尼：哈里·胡迪尼，Harry Houdini，原名埃里克·韦斯，Ehrich Weiss，匈牙利裔美国魔术师。

晚上胡先生说："我收到帖子，那位向先生邀请我们一家三口到就职礼晚宴。"

胡太太迟疑。

"我给了一小笔捐款，礼貌推辞。"

胡妻松口气："我家不惯与名人来往。"

"他随即唤助手询问可否参加私人饭局。"

"你怎么说？"

"我说改天再约。"

"他应当明白我家无意高攀。"

"当日球球到底对他说过什么，真是言者无心，听者有意。"

"球球也答不上来。"

"这一袋又是小姐新衣物？"

"又长高了。"

胡球自己不觉，也不像其他少女爱特别挑选衣饰，母亲给什么穿什么，这是她极大优点，胡球永远不会穿露脐裤或小背心。

她的白衬衫卡其裤成为标志，长发仍然梳成辫子。

她读女校，校舍隔壁，有所英童男校，那些金发蓝眼的少年已经注意到胡球清逸秀丽。

“大近视，戴宽边镜时分外有趣，长臂长腿，低头疾走，心无旁骛，与其他女生不同，她的校服裙特长，遮住膝盖。”

“那是女校规定长度，别人一放学就把腰头折几折，裙脚挪到大腿上。”

“向她要电邮，去。”

他们接近她，轻轻拉她发梢，“球球？”拦住路，“一起吃冰激凌？”

旁边女同学咕咕笑，胡球让开，不出半句声，急急上车，由母亲接走。

胡太见女儿不接受搭讪，亦觉放心。

胡先生有别的想法，“这样不擅交际，会做大龄女否，总要结婚呀。”

这叫胡太想起历年身为人妻的委屈，而所有女子必有怨怼，这样说：“结婚有什么好，非结婚不可？结婚保证女子快乐？”

胡先生噤声。

胡球生日到了，向氏办公室又送来鲜花糕点。

胡太太对那漂亮助手说："无功不受禄，不好意思。"

"小朋友收些零食不妨。"

说得也对。

"向先生好吗？"

"多谢关心，他工作繁忙，可是精神上佳，最近关注校园欺凌事件，不知胡太太怎么看？"

"凡是欺凌，必有一方面强势，另一方弱势，并非公平纷争，必须禁止任何人以对方种族、服饰、宗教、贫富或样貌上任何区别而施加欺凌。"

助手意外："呵，胡太，立场清晰。"

"胡球初中有同学取笑她四眼，我曾到班上亲身质问那个学生。"

"现在还有人歧视同学四眼？"

两个女子都笑。

"请问向先生怎会知道胡球生日？"

"他是检察部长。"

"是等于律政署主管？"

"他是主管的主管。"

"啊。"

胡太太悄悄把蛋糕送到慈善厨房。

“哗，好大一只红丝绒蛋糕，谁，谁十三岁快乐生辰？”

胡太太不作答。

隔天胡宅迎来客人。

那是胡球的表姐与他男朋友。

表姐有一个十分悦耳的英文名，叫晴朗。

她与英俊的男友贴近坐，像结婚蛋糕上那对小小人形。

胡太太说：“大学毕业了，可是找工作？”

“我往爸证券公司做助手，从头学起，他到纽约升读硕士。”

“那是何科？”

“纯美术。”

胡球一言不发，静坐陪客。

表姐迟疑一刻这样说：“家父的意思是，最好他与我一起工作，明年结婚，这美术系嘛，压后再说，或是不读也罢。”

胡太太非常客气：“艺术无价，国际上次等名画亦以千百万计。”

那年轻男生高兴起来。

他们不久说有事告辞。

胡球问母亲："晴朗来干什么？"

"表婶叫我看看那小青年可妥当。"

"一眼看得出？"

"成年人观微知著。"

"那妈妈你怎么看？"

"不妨，女家有妆奁，爱嫁谁都行。"

胡球微笑。

胡太太纳罕："咦，你又怎么看？"

胡球低声说："他不会回来。"

"什么？"

"他不稀罕晴朗的妆奁。"

"你怎么知道？"

"无须占卦、算命、求签，只需把不可能成分剔除，余下便是真相。"

"你是小孩，目光清澄，你说说看。"

"年轻人虽然没有露出不耐烦样子，但明显心不在焉。他双眼看牢自己双手，或是鞋子，要不，调校手表，他腕表有两个针盘，一个拨在美国东部时间。他心已经飞出，他老早准备做逃兵。”

胡太太睁大双眼，不置信十三岁女儿可以在短短时间看到那么多信息。

“我还以为他羞涩含蓄，算是难得。”

“不，不，那是晴朗表姐，男生有点表现欲，你看他那双打金属钉的时髦牛津鞋子就知。”

胡太太怔半晌：“那，晴朗怎么办？”

“咄，朗表姐很快会找到爱她多过爱前途的人。”

“晴朗会快乐吗？”

“有妆奁的女子都会快乐，妈妈你会把房子留给我否？”

“啊，那是一定的事。”

胡先生下班知道此事：“神经病，小小年纪，预言推测将来，古怪不堪，叫她多出去走走，免得胡思乱想。”

“思潮澎湃可以当作家。”

“胡夫人，无论哪一行职业，蓝领白领、用心或用力，科学或艺术，都需要极度毅力，自第一级挨上，没有意志力与规律集中还真不行，胡球性格散漫淘气，你别憧憬什么了。”

“嘿，这是什么话？”

不过，小小胡球的猜测居然正确。她晴朗表姐那已论及婚嫁的男友去到美国，只来过一则电邮，之后，无论怎样，都推功课忙，半工半读没时间想其他。

晴朗黯然："我不是笨人，他应说明白。"

"他没有勇气，只好待其默默消失。"

晴朗看着表妹清澈双目："你知道还真不少，球球你聪敏过人，能像你就好了，必不吃亏。"

胡球按住她手："心静、少话，坐远些、看仔细，都可以猜到会发生什么事。还有，如果我是当事人，或许比你更糊涂。"

"听，听，二十三岁的我处处不及十三岁的你。"

胡球刚想安慰几句，表姐的电话响起，她轻轻说："是启聪？我在表妹家，不想出来，心情欠佳……"侧着身子，足足说上十分钟。

之后，心情好多了，向胡太太借件披肩，有黄色小跑车在楼下接她。

胡太太问："什么车子？模样古怪。"

胡球在窗口看一眼，"这是一辆标加蒂[1]。"

---

[1] 标加蒂：布加迪，Bugatti，百余年历史的法国跑车品牌，汽车中的奢侈品。

“啊，你又知道，比起费拉利[1]如何？”

“因为知道的人尚算不多，更加高贵。”

“你好像都有数。”

“因为我是年轻人，知道时髦事，我不必理会衣食住行、柴米油盐，大把空闲。”

到了夏季，天气明媚，女学生校服雪白，每个少女都像一朵小小栀子花。

碰巧该日胡太太来迟，邻校男学生迎上，搭讪说：“你大概未乘过公共交通工具吧。”

胡球不去理睬。

“我叫景唐，做你邻校同学已有三年，胡球，但是你从不看我。”

到底是少女，胡球忍不住看他一眼，原来是如此英轩的混血少年，她别转头。

他给她一只信封：“这是我的简历，附着通信号码，有空请看一看。”

胡球伸手接住。

---

[1] 费拉利：法拉利，Ferrari，世界闻名的赛车和运动跑车。

这时，胡家车子到了。

驾车的是胡先生司机，“胡太有事，叫我来接。”

“什么急事？”

司机也说不上来。

不久胡太太回来，脸色煞白，一言不发，坐一角喝啤酒。

胡球那“把所有无关之事删却，余下便是真相”的理论又派上用场。

母亲不会为生活费用烦恼，故此生气与钱银无关；只得一个女儿，乖乖在家，亦不是气恼因由；那么，当然是为着丈夫胡先生了。

父亲出了什么事？

胡球再加以剔除：并非交通意外，也不是疾病，那么是——

胡球缓缓走近。

母亲握住她手，忽然垂泪。

胡球故意扯远，说不相干话题：“高班同学卓琳追求者众，男生都喜欢她，将来到三十岁，她一定有若干甜蜜回忆。”

对少女来说，三十是人生极限，即是说，三十之后，没有生命。

“我就没有啦，”胡球遗憾，“妈妈，医生说人脑前端，有一个神秘区域，叫二十五区，青少年冲动愚昧，皆因该区发育未全——”

母亲却说：“球球，我有点疲乏，要眠一眠。”

胡球无奈，只得看着母亲寂寥背影。

有什么办法可以叫胡妈高兴？想半晌，妈老催她温习功课，也许可以一试。

胡球打开功课，发觉有一则作文欠了良久，再不交要扣十个巴仙，就动手做这篇吧。

她的数理化没有问题，读一次可获七十分，但中英文语言却叫她头晕，尤其是“读黄粱梦故事，以白话文重写一遍，并指出寓意”。这种功课，根本不知如何下手。

忽然想到景唐同学交上履历。

她打开一看，文字之上附有他泳照，一身好肌肉，胡球掩嘴笑。

啊，据他所述，十科全能，国文尤其优秀。奇怪，一个混血儿中文比她好，胡球有点惭愧。

她联络他。

才打出姓名，那边已经叮一声在荧屏出现，一脸笑容，“球球，打开镜头。”

“景同学，有事请教。”

“但说不妨，当尽绵力。”

“我不明的中文功课：什么叫作黄粱一梦。”

“这是一句成语，故事来历及寓意立刻传上，请细读两遍。”

多好，不用自己动手找资料，怪不得人人要有男朋友。

读完之后，她想半晌，这样说：“倒是比卧冰求鲤及孔融让梨有意思。”

“你懂白话文吧，就是你我所说的现代语——”

“我懂，把整个故事搬到现代世界。”

“对，写三百字便已足够。”

“但，这个人的梦关我什么事呢。”

“写完你会有心得。”

“哟。”胡球捧着头。

“可要我替你代做？”

“不，不，你替我解答疑难即可。”

景同学再也猜不到外表秀丽冷静的她怕写功课，忽然变得疲懒淘气，更加可爱。

“想出来饮冰吗？”

“家母有点不适，我在家陪她。况且，十六岁之前，我不能单独外出。”

“你可寂寞？”

“不说这些，我先写功课，迟些联络。”

胡球这样写：“少年陈小文，在中学毕业试获得上等成绩，多年努力，他终于可以升上一级大学，兴奋到极点，巴不得实时回家把好消息告知父母，但被同学拉住打球，出了一身汗。

“到家一进门，看见母亲在淘米做饭，中年母亲头发过早灰白，她略一回头，对小文说：‘哟，一身臭汗，快去冲身，你爸就回来，莫惹他不悦，他可是要问功课的呢。’

“陈小文想，这老妈还把他当小学生看待，母亲把米落锅，小文忽觉奇累，伏在桌上，悠然入梦，他看到自己与一班同学置身大礼堂，嗄，啊，怎么已经大学毕业了，教授唱名：一级荣誉陈大文，什么，他现在已叫陈大文了？

“他很快找到银行工作，穿上笔挺西服，升上财务部经理，负责批审贷款——”

这是胡爸的工作，胡球熟悉，她写了一大堆，指节酸软。

那边胡妈醒来，头痛，做咖啡喝，噫，球球在干什么，她有无看错，女儿好似聚精会神写功课，专注小面孔有一股尊严。

女佣走近轻轻说：“写了好些时候了。”

胡妈点头，心觉宽慰。

这时胡球写道：“陈大文结婚生子，工作越发顺利，不知多少人巴结，陈总前陈总后，与他把臂同游，投他所好，很快他不费分文漫游整个世界，收集了三十余枚价值连城名表，社会盛传‘要方便，找大文’六个字——”

这时胡球想：形容会不会太夸张一点？但这是一篇创作文字，不怕不怕。

“——终于有一天，忽然有人敲响大门，商业罪案组前来调查拘捕陈大文，经过判决，求刑八年狱八年，这些年他误批公款达三亿七千万——”

写得紧张，胡球手心冒汗。

“球球，吃饭。”

“我还要半小时。”

“——陈大文惨叫：‘不，不，是他们陷害我，我落入他们狰狞圈套中，我只是一只微不足道的棋子！’

“这时，他在自己叫喊声中惊醒，啊，原来他仍然是陈小文，母亲喊他：‘小文，爸爸快回来了，你去洗脸——’

“原来，他在梦中，匆匆度过一生起落荣衰，饭锅里米浆滚起，香气扑鼻，还未煮熟。”

寓意是什么？

是否老庄思想，人生如梦，做什么都是白做，不必劳碌，躺着一生便好？

不，成语往往有警世之意，但胡球一时想不到是什么。

女佣又要叫她吃饭，胡妈说：“随她去，也许就是这一刻她开窍得道，用功读书。”

女佣掩嘴微笑，像是说：太太，你倒想。

胡球终于出来吃饭。

“妈，精神好些没有。”

胡妈不想影响女儿心情：“我不妨。”

过一刻胡妈问：“球球把你送往英国寄宿，你可愿意？”

胡球一听，几乎打翻汤碗：“不，妈妈，旧同学不知传回多少恐怖故事，恳求不要离弃我。”

“你看你吓得那样子，不过是一项建议。”

这时，胡球忽然舞动双臂：“我明白了！”

“明白什么？”

她丢下筷子奔回房间：“我明白寓意何在了。”

胡球赶快写下寓意：“古时社会崇尚克己复礼，淡泊名利，骂人利欲熏心，是极大控诉，借故事寓意功名利禄无非一场空，无须苦苦追逐。

“但在今日社会，人向高处理所当然，不过得到权位之后，如何自律，要尊重法纪——”

她放下笔，松一口气。

啊，原来写功课有如此乐趣，始料未及。

胡妈见女儿一额汗，心疼：“今天像大人。”

“妈妈，在十八九世纪，没有少年这个名词，世界各国，中西相若，儿童一届十二三岁，便是大人，男孩要做工，女孩可嫁人，贫穷人家也不读书，社会制度欠佳，更无强逼教育保健之类，民生甚苦，一直到二十世纪初，环境才渐渐改善，不再有童工，设妇孺保护条例。”

胡妈叹气："我如何不知，外婆家就重男轻女，她想升学，家人讥笑她作怪、妄想。"

胡球不出声。

"球球，早点睡，凌晨回天文馆，在日出时分观看日环食：太阳光被月球遮挡如一枚发光指环，错过这次机会，要待六百七十三年之后才会再遇。"

"哗，几点出发？"

"我会叫你。"

胡球先把功课传给老师，已经尽力，分数不再重要。

半夜，胡妈唤醒女儿，拎着暖壶暖锅，驾车往她办公之处。

这些年，胡先生不止一次劝妻子："起早落夜，丁点薪水，为什么，又不真是阿泰卡玛天文馆[1]，研究宇宙膨胀……"

胡妈仍然坚持。

同事在凌晨五时已经会聚，见胡太太带来丰富早餐，欢呼万岁。

---

[1] 阿泰卡玛天文馆：位于智利圣佩德罗德托托拉省的阿塔卡马天文台。世界十大天文台之一。

他们不必用滤光片，天文镜对牢映象，传至计算机，他们看着荧屏即可。

太阳映象出现，虽不是实物，胡球也觉威力，忍不住退后两步，她与其他同事子女屏息等候。

终于日偏食开始，一步一步，他们看到奇观，最美一幕仅三分钟，真像一枚闪闪生光的指环。

胡球心灵震撼，话都说不出来。

“奇观”“毕生难忘”“人类渺小”……

胡球要把这一幕在周记上写出，取过有关数据及图片，直接上学。

到了学校，语文科老师找她：“胡球同学，黄粱梦那篇功课，你可有草稿。”

呵，怀疑有人代写。

胡球自笔记本取出手写第一稿，上边写满“？？！！”。老师边阅边笑：“胡同学，你大有进步。”把功课还她，上边批一“甲”字。

胡球欢喜得发呆。

她得多谢景唐鼓励。

放学，在校门左右看了看，不见那男生。

司机扬声："这边。"

回到家，看到胡爸在整理衣物。

"咦，爸，你到什么地方去？"

"我到伦敦看房子，去三天就返。"

"妈妈与你同去？"

"她陪你，你未成年，怎可丢下。"

"我绝对拒绝寄宿。"

"小球，寄宿费用每年百万计，是种特权，你拒绝，我得救。回来之后，我将升任财务部副总裁。"

"贺喜父亲。"

胡爸伸出手，抚摸女儿头发。

胡球看到父亲腕上戴一只十分精致极薄的新白金手表。

她回到房间，隔一会儿，才到有关网页查询。

"AP 表[1]，全球最薄机械芯——"底下标明售价，啊，那是父亲约半年薪酬。

胡球抬头想一想，似有疑团，又不知是什么。

"球球，我出门了。"

---

[1] AP 表：爱彼，Audemars Piguet，世界著名三大制表品牌之一。

胡球连忙走近：“爸爸旅途平安，早去早回。”

胡先生拎着简便行李轻松离去。

傍晚母亲才独自回家。

胡球报告：“爸去伦敦。”

“我知道。”

“明早测验，我回房读一次公式。”

“我知道。”胡母像是不想说别的。

胡球忍不住与景唐同学诉说：“你说他俩怪不怪。”

“你就别管大人的事，他们爱你就好。”

“你的父母呢？”

“他们一早分开，我与外婆住。”

胡球不敢再问。

她把功课分数举高给景唐观看，“哗。”他说。

胡球把化学公式重读一遍，忽然决定查看过去测验题目，老师都喜欢左右拐弯，从不老老实实问：一加一是几何。说到几何，那是下周一的测试。

奇怪，胡球想，人类整个童年、少年与青年期都待在校园，真正需要，抑或是一项阴谋……

她伏在书桌上盹着。

胡母走过，啊，真的有点像好学生了。

过几日，胡先生回来，心情不差，可是少话。

他当着胡球说："向先生邀请胡球担任他婚礼傧相。"

胡太太一怔："他要结婚？"

"城内热门话题，新娘是他下属，也是律政署人员，既漂亮又聪明。"

胡球问："什么叫傧相？"

"傧相分男女，举行婚礼时扶持新人，即伴郎与伴娘。"

胡妈忽然说："球球去见识一下也好，关在屋里多闷。"

"我有许多功课——"胡球不感兴趣。

"衣饰均由当事人提供，傧相只得你一人。"

胡球看着一向不喜热闹的母亲："可有请你俩观礼？"

"合府统请。"

胡球应允出席。

没想到细节如此扰攘，向氏派了先前助手专门照顾胡球，把她接出试穿礼服，参观场地，酒席位置……

新娘非常漂亮，打扮时髦，从头至踵，无懈可击，可是年纪不小了，三十多岁，皮肤略干，不大笑，怕显皱纹，当然，也可能注射过药物，肌肉生僵，笑不动了。

胡球觉得她粉太厚，唇太亮，头发一圈圈波浪动也不动，每次见到胡球，她都略带意外说："球球这身服饰真漂亮，像安琪儿[1]。"

她不大认得胡球，事太忙太乱。

藕色裙子的确漂亮，这两袭礼服由专人自纽约手提乘飞机前来给新娘与伴娘试穿，再送回纽约改，然后又寄回来。

试礼服那日也试蛋糕，共三种。

新娘说："我不吃蛋糕，球球，你挑一款就好。"跑去忙宾客名单。

助手走近，轻轻说："红丝绒最美味。"

这时胡球才看到助手胸前有个名牌，她叫土井直子，原来是日裔，华语说得这么好，难得。

胡球搭讪："我无名牌。"

"就你一个傧相，人人认得。"

"这些时间，却不见向先生。"

"他没有兴趣，也缺少时间。"

---

[1] 安琪儿：天使，angle，是在安徒生童话《安琪儿》中登场的虚拟角色。安琪儿就是指侍奉天主的天使。

胡球又帮着试龙虾与牛柳，完了坐一旁在计算机板上读功课。

直子感喟："球球真乖。"

胡球微笑："家母不会同意。"

她坐到一角，静静温习。

忽然听到一个女子压低声音说："我真不想签这份婚前合约。"声音沙哑低沉，噫，这是谁，口气似新娘，但语气与平时娇俏全不一样。

"他根本没有什么资产，还要我签这个签那个，真阴险。"

与她对话是一轻佻男子："你又不愿嫁我。"

"嫁你，哼，你自己住在兄弟家储物室一张气垫床上。"

"你太计较物质。"

"对，我还需要吃喝——"

"听着，贪慕虚荣的女子，每年一千万，结婚十年才可得一亿，这笔赡养费也不无小补，婚后，住宅改你名下——"

"明天就改！"

"我再去商议。"

"你是我代表律师，你得代我争取。"

"你是结婚，不是离婚，也不好意思逼得他太紧。"

“哼。”

胡球张大嘴，又合拢。

“呵对，”那男子问：“那秀丽的小女孩是谁，是他前妻所生？”

讲的是胡球，她吓一跳。

“不，他俩没有关系，向与她父母是朋友。”

他们还要说下去，胡球轻手轻脚，走得老远。

直子说：“龙虾与牛柳都老一点，酒店说要八成熟遵守食物安全规例。”

这时直子听见小女孩轻轻说：“不用费事了。”

“什么？”

小女孩继续说：“婚礼不会举行。”

直子笑容僵住：“那是下星期三的事呀。”

胡球忽觉疲乏：“我要回家。”

“你不舒服？我叫车送你。”

直子陪胡球在酒店门外等车。

实在忍不住，直子问：“你怎么知道婚礼将会取消？”

胡球还来不及回答，一辆黑色大车在她们面前停下，下车的人正是向明。

他满脸笑容："这是你，球球？差点认不出来，真人比照片更漂亮，这次劳驾你了。"

他伸手来握，胡球觉得他的手又大又暖又有力。

向氏气色甚佳，神采飞扬，越来越英俊，同先前那个病人，天渊之别。

向明几乎不想让胡球离去。

这秀美少女，是他救命恩人，他不敢说出，就在手术那天，他已预藏大量药物，若不是她劝阻，预言他会获救，他已在当天下午全数服下。

"球球——"

胡球忽然踏前，轻轻说："不要不高兴。"

"什么？"

这时，电话催他进去。

他说："球球，稍后再谈。"

胡球对直子说："无论发生什么，请静静站一边。"

车子来接，胡球上车离去。

该怎么说呢。

在举行婚礼前三天，婚礼被取消。

向氏派人一张张把帖子收回。

直子累得脸色苍白。

胡母留她喝一碗鸡粥，又给一壶红枣茶。

直子感动，诉苦："我一共跑了三十家，差不多了，其他同事更惨。"

胡太太不好问为什么，只说："这盒是球球礼服。"

"他们不要了，送给球球。"

胡太太说："那我捐给学校戏剧组，谁要是扮公主，用得着。"

直子告辞，忽然迟疑，这样说："我想与球球说几句话。"

胡太太微笑："我还有点事，失陪。"

直子坐近胡球，取出手电[1]："球球，请看该名男子。"

胡球看到直子与一高加索[2]年轻男子合照，态度亲昵，分明是密友。

直子这样做是什么意思？

她这样说："球球，你看他怎样，我父母不赞成这个外国人，说他们会虐杀女人埋在后园，父母与我闹翻。"

呵，原来把胡球当作未卜先知。

---

[1] 手电：手机，手提电话的简写。

[2] 高加索：Caucasus，中亚地区。

胡球是孩子，遭此礼遇，十分高兴，但一帧小小照片看不出什么。

“一会儿他来接我，你可看到真人。”

这时胡球坦白：“我不懂看相。”

“多一双眼睛也好。”

直子借用洗手间，胡球伏露台看风景。

她看到一辆小小旧房车驶近，一个西人下车。他中等身段，其貌不扬，栗色头发，想必是直子的男友了。他并没有实时敲门，上下左右打量胡宅前后，似有极大兴趣，呵，十分无礼。

胡球警惕，这人好奇心也太浓厚一点，他不知道他打量屋子，露台上也有人看着他。

只见他肆无忌惮撑着腰抬头看园子中树木，直至手电响起，是直子找他。

这时邻居一只大眼芝娃娃[1]走近，对牢陌生人吠。小狗的通病是，统共没有自卑，也无自知之明，老以为自身同大狗一般权威，动辄大吠大叫。

---

[1] 芝娃娃：吉娃娃，超小型犬种。

不过叫胡球吃惊的是那个西人的反应，他忽然走近小狗，举脚就狠狠踢过去，那一腿把小狗踢飞篱笆，小狗惨叫。

胡球惊得发呆。

身后的直子说："来，一起下去见他。"

胡球气急败坏转过身子。

"怎么了？"

"你爸妈讲得对，疏远这个人，越快越好。"

直子瞪着球球："我与他打算订婚并合伙做小生意。"

"不，实时分手。"

直子怔怔地走出大门，毕竟胡球是一个小女孩，举止再成熟也不过是个孩子，她的直觉可信否？

胡球一直在露台注视那人，他看到直子，立刻迎上，态度自若，像什么事也没有发生过。

他们一走，胡球奔下楼去检查小狗。

她抱起它："你看你，恶犬自有恶犬磨，强中自有强中手，下次可得聪明点。"

小狗哀鸣。

胡球嘱邻居带它看兽医。

这时女佣通报：“一位向先生要见胡太太。”

“呵，请他进来。”

向明脸色尴尬，坐下，半晌才说：“她不爱我，婚礼取消。”

胡太太几乎想笑，这样一个运筹帷幄的大人物，足智多谋，见过大场面，连心脏都换过，却说出如此孩子气的话来。

“她与前度男友藕断丝连，唉。”

女佣给他一杯清凉茶。

“打扰你们，不好意思。”

“向先生，你别客气。”

胡球微笑：“下次可以再邀我做傧相。”

大人都尴尬地笑。

向明的手已伸出想抚摸胡球头顶，蓦然想起，她已是一个小少女，不可造次。

他再三道歉，告辞。

胡球老气横秋对他说：“好好工作。”

事后胡妈轻轻说：“多可惜。”

“不相干，这已是他第三次。”

胡妈掩嘴骇笑，不知怎的，她只觉滑稽，然而随即想到自身，她叹口气。

报上花边新闻这样说："——是次盛大婚礼取消，诸类花费如订金损失何止百万，连圈内人也不明好事何以告吹，只知那位准新娘匆忙离职，传说是婚前合约最终谈不拢……"

胡先生这样说："但双方并非巨富呀。"

胡太太不接话题，他们没有对话已有一段时间。

景唐同学说："比吵闹好得多。"

胡球问："什么人随时随地虐待小动物？"

"邪恶的人。"

"没有例外？"

"绝无例外。"

"但人类是食肉者——"

"要杀要剐，迅速解决，以生命换取生存，无须伪善，虐待不在容忍范围。"

胡球松口气："多谢你，智慧师兄。"

景唐不好意思说他的智慧包括想拧她脸颊与亲吻她额角，他这样说："希望有一日可与你约会。"

胡球功课明显有进步，但疲懒习惯仍然难除，早上必赖床十分钟，打开书包前必先看时装杂志，少女通病。

像所有少女一样，对自身外形不满：眼太细，臂过长，胸脯不够饱满，有女同学极端地说：中学毕业实时去做矫形手术。

叽叽喳喳在电邮中谈异性：“我大姐说，最无智慧的女子才喜欢智能型男生”“他有无脑子与我无关”“我喜欢漂亮男子”“光是看就舒服，他们手脚合比例，举手投足都赏心悦目”……

同从前十多岁女孩心思完全不同。

“胡球，你有何意见？”

胡球答：“也不是说你喜欢谁可以遇见谁，有人一辈子也找不到那个人。”

大家都静下来，气氛顿见凄凉。

“看过荒谬的电影——没有。”

又谈别的，永远有不相干话题。

直子来访：这次脸容比上次还要苍白，黑眼圈，人消瘦，似大病初愈。

最奇特是，她的头发少却一角。

胡太太觉得异样，她说："直子，父母不在你身边，你独自在本市工作，有事同我们商量也一样。"

直子喝口热茶，低声说："我与男友分手。"

胡球一听，吁出口气："好极，这样我放心了。"

胡太太瞪女儿一眼。

"他不愿罢手，原形毕露，在我门口守候，出言恫吓，贴大字报，一晚打几十个电话，在街头，他捆住我，用大剪剪去我头发，吓得我寝食难安，"直子饮泣，"他从前不是那样，他一向对我好——"

胡太太已经气白脸："他就是一个坏人，从前披上羊皮欺瞒你以达到目的。"

"我告诉他，那十万元可以不还——"

"他向你要十万？"

"他说是投资化妆品公司首期，我随后调查，那间公司根本从无打算与人合伙，一切是个骗局，一切多亏球球提点。"

胡太看着女儿："你？"

胡球很镇定地说："直子你有无报警？"

直子苦恼："我怕进一步激怒他。"

胡球又来抽丝剥茧："他最终最怒会怎样，你是怕他会杀害你？"

直子大哭，四肢发软。

胡太太叫用人取热毛巾给直子敷面。

她如此忠告小女生："你在律政署工作，向先生是你上司，你可找他商量，来，我陪你见他。"

"向先生日理万机——"

"这也是他的事，他筹划保护每一名市民。"

胡太太握紧直子的手。

"球球，你也一起，这是学习机会，让你知道，世上有人如此可恶！"

向明正在办公室，胡太太三言两语说明来意，向明立刻把秘书叫进，吩咐给此人下禁制令，并到警署问话，"直子，你可到亲友家暂住？"直子不语。

胡太太仗义："直子可来我处。"

"不，"直子说："这人很麻烦。"

"人多他不敢怎样。"

直子双目空洞："以后再也没人敢接近我。"

"不是你的错。"

胡球抽空打量向氏办公室，发觉全无墙壁，都是书架，摆满书籍，案上放一本英译《孙子兵法》。

直子站起："打扰向先生。"

向明邀请她们母女午膳，胡太太微笑："我还有事。"

胡球想说：我大把时间，被母亲眼光阻止。

胡球遗憾："许久没吃龙虾。"

胡太太安排直子在小客房暂住："衣物及用品都齐，不必回去拿。"

"我的手提电脑还在那边。"

"那么叫司机陪你。"

胡球说："我也去。"

"速去速回。"

直子住在自置小公寓内，一时难搬家，那小小地方只得三百多平方呎[1]，小得可爱，有一个凹位放单人床。直子说："叫你见笑。"

"怎会，自置公寓，自家天下，自给自足，羡慕还来不及，将来，一间间换上去，要多大都有。"

---

[1] 呎：英美制长度单位，香港一呎等于 0.3 米，一平方呎等于 0.09 平方米。

“球球你真懂事。”

直子把杂物装满一个行李袋，由司机与胡球陪着离去。

回到家，还没进厨房，就闻到食物香味，只见厨房放着一大盘清焓龙虾，只只硕大肥美。

胡妈说：“向先生派人送来，你看，你悄悄咕哝他都听到。”

胡球唤直子：“吃不下也吃一点，我替你掰。”

“吃不了那么多，我拿些给邻居太太。”

隔几日，胡先生又往出差，家里连用人四个女子。

胡球不甘心：“没人保护我们。”

胡妈嗤一声笑：“一个久无运动胖胖中年男子，不见得有能力退贼。”嘱女佣入夜后关牢门窗。

那日胡球有点不安。

直子经过几晚休息，精神好转，同胡球说：“我有日裔女友想你替她们测一测未来。”

胡球没好气：“啊，我不是巫女术士。”

“你极之聪明，看得出端倪。”

“才怪，我可摸不清楚老爸为何一季内第二次往伦敦出差。”

“我的朋友想知道，什么时候才嫁出去。”

胡球笑：“一过二十一岁，便都开始担心。”

“她们都在本市工作，有一个拥有硕士学位，独立能干，也有理想职业。”

直子给胡球看照片，两个秀丽年轻女子，染棕发、浓妆，门牙不大整齐，一看知是日裔。

已经二十七八岁，尚无知己，可想而知，结婚要待三十之后的事了，也许，到了彼时，不再那么挑剔，选择反而较多，亦可与略小几岁男生交往。

直子看胡球脸色，知道不甚乐观。“嫁不出？”

“一定有机会，大把追求者，可能有人中奖。”

“口气像江湖郎中。”

胡球忽然抬头：“什么声音？”像打碎玻璃。

胡太太说：“我去看看。”往楼下走去。

直子这样说：“球球你家富裕——”

这时防盗铃骤然响起，胡球与直子跳起，但过两秒钟，又被按熄。

胡球唤人：“是否误触？”

没有回音，邻居那只小芝娃娃大声吠起。

胡球心急："直子，你留房中。"

她走下楼梯，看到厨房有灯，"喂，喂？"

看到厨房内情况，呆住。

母亲与女佣都坐在椅子上，目光呆滞，胡球机灵，一转身，已经来不及。她看一个黑影，来不及叫嚷，额角已着了一记，金星乱冒，痛入心扉，倒在地上。

胡太惨叫："球球！"

胡妈跌坐地上："是你。"

那黑影自门后走出："可不就是我。"

他是直子那个男友，他居然追寻到胡宅，一定先破窗而入，用宽身胶布捆绑女佣，再等胡太太下楼，把她固定在椅子上，然后，击倒胡球，惨在一屋妇女，无力抗贼。

"说，土井直子在什么地方？"

他挥舞手枪，朝天花板鸣一下。

胡球双耳嗡嗡响，但还能抬头看牢凶徒。他双目血红，嘴角流下涎沫，已分不出是人是兽，一直咆哮，动手捶打胡球。

这时直子出现，尖声叫："我已报警，放开她！"

她们听到警车呜呜自远驶近。

那男子疯狂："你跟我走。"踢打胡球。

他硬要把胡球拖出门当人质，胡球无论如何不就范，她躺到地上，镇静地说："你可以即刻射杀我，我死在自己家中，好过被你拖走失踪。"然后三个月后才寻获腐尸。

那人跳脚，不住殴打胡球，又扑向直子，胡妈挣扎痛哭。

警车号角越来越近。

那人匆匆打开窗户要跳出逃走，就在这时，忽然有一团毛球穿窗而入，紧紧咬住他颈肩，是那只小狗！它回来报仇。

那人号叫，要大力扯脱小狗，但它异常固执，坚决不放，那人鲜血淋漓。

直子忍无可忍，扑向那人，要同归于尽。

说时迟那时快，警察已经围拢。

他们扑倒凶徒，把他按在地上，夺去枪支。

直子抱住胡太太痛哭："是我不好，是我连累胡家。"

胡球一声不响，一拐一拐走近凶徒，举脚便踢。

"小姐，小姐。"被警察拦住。

胡妈松绑，四肢无力。

胡球把小狗自凶徒颈项扯脱，紧抱胸前，那小狗犹自瞪眼胡胡露齿，人狗全是血迹。

救护车抵埗[1]，邻居全出来看视。

胡球伤得最惨，额角缝五针，左臂脱臼，浑身瘀青。

直子溃不成军，内疚得只会缩在一角。

向明赶到医院，他穿着便服，沉着与医生谈话。

“那人恁地歹毒。”

“幸亏全是外伤。”

“猜测凶徒服用过亢奋剂[2]，正在检验。”

他蹲下同胡球说：“你做得正确，你很勇敢，否则警方迄今寻人。”

胡球听到勇敢二字，蓦然想起刚才那幕有多惊险，双手忽然簌簌颤抖，按都按不住。

接着，警员前来问话。

原来，胡球是最镇定一个，女佣获救后第一件事便要辞工，胡太经过注射，昏睡过去，直子握着胡球双手，仍

[1] 抵埗：抵达，到达。广东、香港一带用语。

[2] 亢奋剂：兴奋剂。

然哭泣。

警员问胡球："你父亲呢，可要知会他？"

胡球低声答："他在伦敦公干，这件事是意外，无可预测。"

向明在一旁静静听耳内。

终于，问话完毕，警员离去，他坐到直子面前，沉声这样说："直子，这件事，不是你的错，纯属不幸。你要是坚持内疚，辞职回乡，匿藏逃避，那么，他终于还是胜利了。但是，你也可以鼓起勇气，如常生活，绝不低头。"

直子忽然止泪。

"你看胡球多强壮。"

可怜的胡球，一听向氏再次称赞，双手又颤抖不已。

啊，倘若被凶徒拖出扯到僻静处，后果不堪设想。

向氏说得对，人生有数不尽的难关，要不咬紧牙关，拼力过渡；要不从此销声匿迹。在一些比较幸运者眼中，拼命奋斗可能只与麻木厚颜一线之隔，但 fight or flight, sink or swim[1]，视乎一个人的性格。

---

[1] fight or flight, sink or swim：战斗或飞行，下沉或游泳。

土井直子独自漂洋过海，寻求前程，性本勇猛，应当可以再次站起。

果然，她抬头说：“我明白了，那人已经被捕，我决定返回公寓休息，下周一上班。”

向明松一口气，轻轻告辞。

胡球很是宽心，握着直子手，闭目养神。

向先生讲的话，字字珠玑。

胡球最迟出院，共住了五天，同学都来探望，景唐站一角，脸红红，不好意思接近床边。

回到家，第一件事是请小狗吃火腿，抱怀中，同它说：“你是我的英雄。”

胡先生回来，气得炸肺，立刻联络律师，采取行动，又坚持搬家，要洗脱妻女阴影，闹好几天，却没有下文。

胡太坚拒搬家，一旦示弱，歹徒就胜利了。

而女佣惊魂甫定，也改变主意，加薪后继续留任。

那凶徒来自高加索，已认罪，以企图绑架及伤人罪判刑五年，出狱后将实时递解出境。

事情好似有个了结，但是一整年，胡球一听到什么细微声响，都会自梦中惊醒。而她耳聪目明，真是一根针掉地上都听得到。

本来内向的她更加沉默，看事更加清晰。

这时，她已知道父亲时时往伦敦是为着什么。

有一个人在那个城市。

而且，那人逐渐嚣张，电话电讯时时传到胡家。

一日，直子告诉胡球：“我将随向先生到伦敦办事，可要带什么：皇室珠宝、女皇签名？”

“本市什么都有，谢谢你。”

隔一会儿，她说：“这个地址，麻烦你差人去探一探。”

“噫，肯宁顿，SE1。”

“正是，看看是什么人住该处。”

“容易，我立刻找人去打探。”

“直子，谢谢你。”

“为胡家，水，水里去；火，火里去。”

直子在侦查部办公，当然有相熟的人。

照片拍摄传回，她也怔住。

直子认得胡先生，但，照片中那俗艳少妇是什么人，还有，他抱着的幼儿又是谁。

那圆脸幼婴像足胡先生，穿着全身淡蓝，分明是个男孩，胡先生带笑意眼神尽显钟爱。

直子吓出一身冷汗。

这件事可如何汇报。

这个中介不好做，直子尽失游客心情。

她找到数据：那间位于肯宁顿区的公寓时值约一百二十万英镑，买主一次性付款，屋主名卞京。

这一边胡太太每晚都做梦，心神极端不安。

“妈，是噩梦吗？”

“又不是被猛兽追逐或是堕入万丈迷津。像昨夜，梦见自己十五六岁，放暑假在娘家，午睡醒来，手中还握着珍爱的漫画《水浒传》。”

“唷，我还未出世。”

“我要到二十四岁才嫁人。”

“你还会嫁给爸，我还会是我？”

胡妈答：“你当然还是你。”

“哟，真险。”

“十五岁生日，想如何庆祝？”

“我俩都不喜热闹，一碗鸡汤面就好。”

“准你独自外出，不过晚上九时前一定回家。”

胡球对景唐说："可以看七点半那场电影。"

"我陪你。"

"说说而已，戏院人杂空气混浊，听说发现臭虫。"

景唐无奈。

"我记得你今年毕业。"

"已投考各国公立大学，但学费生活费用仍然惊人，实在不想动用外婆些许老人储蓄金，几年来赚得一些补习费恐怕只够一张飞机票。"

胡球忽然说："就在本市半工半读，有了基础，才往外国进修，你可以陪伴外婆，我也有个说话的人。"

景唐微笑："我向往外国文化习俗，好想见识。"

"男子有的是时间。"

"胡球你说的话总叫人宽心。"

"直子也那样称赞。"

"直子，是那个不停哭泣的女子吧。"

"她已经抹干泪水，升了级，生活得很好。"

景唐只好赔笑。

直子出差返回，收到有关肯宁顿第二批照片，发觉那叫卞京的女子又告怀孕，一脸自得，双手搁腹上，看大小，仿佛已进入第二期。

直子不得不约胡球出来面谈。

这还是个未成年少女，说话要极之小心。

胡球有点紧张："有答案了。"

直子点点头，出示那些胜过千字的照片。

胡球凝视沉默。

"你一早已经知道这件事吧？"

胡球点点头："最近他一去整月，好像不在乎我们，他不再专注工作。剔除其他可能性，像爱上大英博物馆或钟情阴暗雨天，甚至打算进伦敦大学重修文学之类，剩下只有一个结论：家父已抛弃我们。"

直子觉得背脊凉飕飕。

她一向盼望结婚，原来二十年后是这个样子。

"胡太太也一早得悉吧。"

"比我更早知，依母亲性格，应提出分手，但她像保护腹中胎儿般保护我，尽可能多留一会儿，等到我成年才行动。"

"她一片苦心可有成效？"

"有，今年自问可以应付，去年或前年则不行。"

“男人真奇怪，胡先生在澳门一家茶厅偶遇这女子，她在店里当掌柜，极速就变成情侣关系，并且决定送到伦敦包养，一并连她母亲与兄弟也照顾在内，与二十年家庭疏离。”

胡球点头：“不可思议，他与家母是同学，亲友以为他们会白头偕老。”

“胡球你家就要破碎，你还如此镇静，实在了不起。”

“假如捶胸顿足哭闹有用，我也会嘶声竭力干一场，此刻只能冷静：家母一直有工作与独立收入，搬个小一点房子，一样过活，算是不幸中大幸。”

“说到房子，胡球，我疑心一件事，依令尊在银行收入，年薪百余万，两边家庭开销，以及一次性付款赠送公寓，已经超出收入多倍。”

“啊。”胡球吸气。

“这里头，有些古怪，假如胡太太要分手，宜早办手续，勿拖延，以免牵涉在内。”

“你是指——”

“我在向先生办公室超过五年，常常听他们说：追踪金钱来源，定可知悉线索。还有，你也一直认为，事件中除去不可能，剩下即是事实。”

胡球说：“今夜我就与家母商量。”

“对不起，胡球，我没有好消息。”

胡球沉默一会儿，忽然说：“你看这胖胖小儿多可爱，已有一岁样子，快会走路。”

“据说，腹中那个也是男孩。”

“怎样知道？”

“保姆们在公园闲谈，被人听到。”

胡球点头。

“球球，父母离异是极之寻常悲剧，你非得节哀顺变，你做你自己的事，靠自家双腿站立，不得迁怒诿过于任何人，抱怨申诉任何事。”

胡球用手搓脸：“什么时候我们变得如此老辣麻木。”

气氛忽然悲哀。

隔了一个晚上，胡球才与母亲摊牌。

她说：“这样含羞过日子，没有意思，人到底有人的尊严。”

“女儿，你说得对。”

“他们第二个孩子将要出世。”

“我已请邓永超律师草拟分居书，对不起球球，挨不到你成年。”

“我早已成年。”

但这是自夸，想到生父猥琐劣行，打心里憎厌恨恶害怕，胡球忽觉恶心，胃部绞动，呕吐得一地都是。

母亲与女佣连忙收拾。

胡球跑到浴室，坐莲蓬[1]下淋足二十分钟，皮肤泡得发红起皱。

在男性世界，认为只要双方成年，彼此情愿，没什么大不了，社会可以容忍。但是，已婚，有子女，为着私欲，不惜伤害身边最亲密的人，这样自私自纵性格，多么可怕。这种人，永远不会爱人，他不觉世上还有其他人等比他更重要。

胡球身上有百分之五十因子来自一个这样的人！

她痛哭，她不要像他。

胡妈站房门外听女儿哀哀痛哭。

女佣不忍：“什么事？”

---

[1] 莲蓬：指花洒。

“别理她，人生那么长，总有不如意之事。”

“球球与直子小姐谈得来，请直子小姐劝助。”

胡妈摇头，抬头，长长叹气。

专办离婚官司的邓律师留了时间见她们母女。

她特地上门与胡太研究细节，看过资料，轻轻“哈”一声：“证据确凿，万无一失，告诉我，胡太太，这幢房子属谁名下。”

语气老练冷静，仿佛桌上摆着猪肉，准备大力剁下，看能分到多少。

事到如今，那样做也是不得已。

胡太出示屋契、证券，以及储蓄户口。

“立刻成立小型基金，转名给胡球——”

胡球跳起，厉声说：“我不要我不要。”

胡母沉声：“坐下，球球。”

胡球泪流满面，这叫抄家。

邓律师轻描淡写：“这十多年我一共办理千多宗官司，所见男人，没有最贱，只有更贱，胡先生只算普通。”

胡球打冷战。

胡妈低头不语。

“胡太太，第一件要做的事：请你恢复本名，也许你不大记得，在放弃自家身份全心投入胡家之前，你也有姓有名。”

胡太面如死灰：“我叫颜启真。”

“我回办公室实时草拟文件替你速递寄出给胡氏，你等消息即可。他如找代表与你谈判，勿发一言，我会替你处理，这是一笔颇可观的赡养费，不可退让。”

“有一半属于他——”

“不，全部在你名下，你有工作，你可降低生活条件独立，你有志气，但胡球才十五岁，未来的生活及教育费用非同小可，此刻只有你为她着想。”

颜女士完全醒悟：“明白。”

胡球忍着沉痛，走到露台，佯装看风景。

只听见两个中年妇女低声商量：“把他所有留下的财物尽速整理收藏。”

“这——”

“胡先生倘若有半分替你着想，你不必下此招。”

邓律师离去之后，颜女士整理卧室小夹万[1]，打开，发

[1] 夹万：广东方言，保险箱、保险柜的意思。尤其指用于隐藏物品的隐藏于墙壁内的暗格（保险箱）等。

觉里头有十多枚名贵镶宝石手表与袖口纽等饰物，衣帽间里叠着一箱箱高价葡萄酒。

胡先生竟拥有如此多与收入不符的身外物，所见不过冰山一角。

他并非商人，他只是一间银行的贷款部主管，这些财物，来自何处。

颜女士忽然明白。

少年女儿成为她苦海明灯，若不是胡球灵心洞悉机关，加速行动，她迄今还在拖延。

第二早邓律师又来："已替你联络中介售屋，另外替你找一间宽裕公寓。"

胡球脱口问："那爸回来，到什么地方住？"

律师又是"哈"一声："真是个孩子，胡先生会怕没地方住。"

胡球没话说，胡爸已经好些日子未返，连电话也无，可能在伦敦，也可能在世界其他角落。

也许，卞京女士不只在肯宁顿有寓所。

人的心一灰，也就不在乎。

房子三天内就照定价出售，买主是极年轻漂亮女子，非常瘦，长发清秀，只略瞄一下，便立刻拍板。

中介笑："手快才有。"

女子见到胡球，一怔，细细凝视，轻轻说："世上竟有如此好看少女，本市叫人惊艳之处，层出不穷。"

这样口气，当然不是本地人。

女子又顺口问一句："为何把这样好房子出售？"

中介连忙代答："女儿出国留学，屋主顺带移民。"

交代过去。

那美女轻轻说："呵，变迁。"

胡球母女也去看房子。

邓律师照顾周到，新居一样大露台，宽卧室。

颜女士迟疑："这么贵，不如暂租住。"

邓律师斩钉截铁："贵卖贵买，一定要自置。"

颜女士说："邓律师金玉良言。"

"放心，也不是免费的。"

大家只好笑。

一个家，苦苦经营二十载，要拆散，只需三五天。

这下胡家胡宅已经不存在，胡妻恢复本姓，通信号码全部更换。

胡氏如果要找人，大概只好到天文馆或学校，两处都是公众地方。

颜女士这样说："他来找我们干什么，他先走，不是我们。"

邓律师带来一段录像，胡氏瞪着眼破口大骂，胡球看着那张扯得歪曲丑陋的面孔，不认得他是生父，一句也没听进耳朵。

颜女士不动声色，像是看着宇宙远处的英仙座。

母女都不明白，一个人怎会变成这样，他为着什么？

胡球最后听见他这样说："做人，有话不可说尽，有风不可驶尽。"

这是在说她们母女，抑或是他自己？

邓律师说："他尚未签字，我与他对话，他怪我是罪魁祸首，怂恿无知妇女离婚霸家产，像我这种律师，简直是女巫，应当活活烧死。"

胡球没想到男人也那么会骂人。

颜女士问："还有比这更坏的情况？"

"怎么没有，上月才有一个丈夫，一听要付赡养费，立刻大声骂妻子虚荣。看，要吃饭就是不能安分。"

胡球不知怎的，忽然笑出声。

邓律师纳罕："小妹妹你笑什么？"

胡球想一想："父亲不会啬吝金钱，他会尽快签字。"

"你怎么知道？"

胡球答："因为，有人急着要做新胡太太。"

"好聪明的孩子。"

邓律师出示照片："两个幼儿也不能再等。"

第二名已经出生，分别由保姆抱着，在公园晒太阳。

"胡先生知会我，下月亲身回来与你说话。"

颜女士冷静站起："不必，这里没人想见他。"

那两个幼儿长得一模一样，雪白皮肤，大眼睛，会笑，嘴巴张成半圆，可爱至极。

胡球又开始计算：与我有百分之二十五因子相同……

但非洲小人猿与人类的基因也只有百分之五差异，胡球又略为安心。

邓律师轻声问："你妈妈可伤心？"

"这不是伤心的时候，将来吧，待我毕业后工作，不在家中，她才会渐渐酸痛悲哀。"

"胡球你口气像大人。"

“也许，她会再次遇到意中人。”

“此番又天真乐观似孩子，你明澄通澈双眼真看到那样美好前程？”

胡球不出声。

悠悠我心

贰·

生命是一个骗子，拐走她父亲，
又带走好友，只有年龄缓缓增加，
除此之外，一样比一样少……

这一季，她像是长大十年。

胡先生赶回来，问邓律师：“我留在旧居的杂物去了何处？”

邓律师冷冷回答：“人去楼空，人非物非，何尝有什么杂物。”

胡先生气结：“我本不计较，但你也未免太歹毒一点。”

“既不计较，何必提起，恭喜你胡先生连获两子，谨祝五世其昌，父慈子孝。”

一提另一头家，胡先生气馁。

邓律师讲得对，他不是最坏那一个。

至少他有资产留给胡球好好生活。

“球球好吗？”

“很好，功课有进步，未晋甲级，大有希望。”

胡氏沉默，在文件上签署。

“球球不想见我？”

“我猜不，你已调职在伦敦总行上班，偶尔回来，也不用骚扰她了。”

胡氏无言，站起来，踌躇，像是有话要说，终于明白，一切由他主动，前妻走投无路，才出此策。她也曾恳求他留在本市，他只推说公司事忙，逃一样奔往飞机场，嘴角忍不住一丝窃笑。

他还能说什么。

他静静离去。

啊，对，他留在旧宅那一批名贵手表，买得好价钱，表行代办讶异：“全部属限量出品，价值连城，未曾佩戴，连证书买得高价。”

景唐同学这样与胡球说：“外婆身体欠佳出入医院，对不起无暇问候你近况。”

“身体何处不妥？”

“年老器官自然衰退，人类命运如是。”

胡球惆怅。

直子来访：“向先生问候你，如有需要，请你告知。”

不知怎的，直子戴着墨镜不除。

“新居仍然宽大舒适宁静，你们母女一往天文馆，一到学校，交通也方便。”

“本月二十一号金星凌日，错过这一次，要等百余年。”

“你是近水楼台。”

“不过人类仍然只看到自身眼下琐事：呵，怎样可以减去五磅，英俊的阿王为什么久不来电，谁说小眉比我漂亮，几时才轮到我升级呢。”

直子微笑：“你凡事看得这样透彻是不行的。”

“直子，这次多谢你讲义气。”

直子看着胡球额上伤疤，“我欠你一辈子。”

胡球笑：“我是男子就好了。”

这时直子缓缓脱下墨镜。

胡球一看，倒抽一口冷气：“嘿！”

这下子她看清楚了。

直子本来一双单眼睑妙目，此刻变得又圆又大，眼角有刀痕未愈，眼袋红肿，鼻梁高挺，鼻尖改窄，还有，适才不发觉，一并连下巴也削尖，两腮呈 V 形。

胡球大惊失态："啊，直子，你换了一个人头！"

直子啼笑皆非："嘘，嘘。"

"你老板换心，你换脸。"

把直子拉到阳光下细看，蹬足："直子，你本是美女，此刻变成妖怪。"

直子推开她："谢谢你的赞美。"

"啊，直子，我可以看到一个个针孔，是什么叫你出此策，你对自己有何不满，你应先看心理医生——"

胡球正嗟叹，忽而想起另一处，动手扯开直子衬衫，一看，胸前还绑着纱布及橡筋布，胡球惨叫。

"不，不！"

颜女士跑进房："什么事？"

看到新直子，她也呆住，半晌作不得声，终于惊骇叹息："呵，直子。"

直子若无其事："我总算脱胎换骨，再世为人。"

胡球颓然："我再也想不到你哪样讨厌自己。"

颜女士气结："直子你以为这是自我增值。"

"医生说半月内消肿，半年后完全看不出。"

“看不出什么，你原来是韩裔？”

胡球坐倒在椅子上：“To what ends? [1] 打开杂志，全是千元一瓶五十毫升的美白脸霜，要白到什么程度，像西人抑或僵尸？还有，高跟鞋到底要多高，睫毛又增多长？”

直子缓缓喝茶：“胡球，你长得好看，你不知别家苦处。”

颜女士摇摇头出房。

“我都不认得你了，我怎么与大胸脯拥抱呢。”

“我不贪心，只是五百毫升。”

“我的天，向先生看到没有，你可有实时升职？”

“胡球你知我近日十分失意。”

“一些糊糊女情绪低落，用刀片割肉，以一种苦楚遮掩另一种痛苦，你又到家一些，整张脸割过，又补了胸部。”

“你会习惯。”

“直子，我一直视你为好友。”

“男子看女子，与女子看女子不一样。”

---

[1] To what ends？：出于什么目的？

“归根究底，为着讨好肤浅鲁莽的他们。”

“胡球你决定要生我气。”

“不，永不。”

胡球忍不住拥抱直子，胸前虽大，但软软糯糯，像真度极高。

女佣在门外说：“直子小姐，做了你最喜欢的菜肉云吞。”

看到直子的脸，唬住，连忙退后。

直子微笑：“都怕我。”

颜女士只得说：“怎么会，我们也崇敬大胸女。”

大家都笑起来。

直子走后，颜女士摇头：“本来多好看的稚气扁圆脸。”

“也许直子也有道理，社会审美眼光一致：年轻、娇嗲、长发、大眼、小嘴、三围分明，直子自觉吃亏，故入俗流。”

“你怎么看？”

“我千度近视，看不到人，人亦不看我。”

“可怜的胡球。”

隔一会儿问：“可有想念父亲？”

“是从前那个下班准时回家教功课的父亲。”

“他曾帮你做地球各层模型。”

“是呀，地心做太大，扣一分。”

人会变得这样子。

颜女士宽宏大量：“只要他开心就好。”

胡球却说：“我希望他一家睡不着吃不落——两个婴儿除外。”十分愤慨。

“那是因为你还年轻。”

不一样了，走在路上完全不同，途人不管男女老幼都朝直子瞪着看。

在快餐店买杯咖啡都吸引无数目光，是那高耸胸脯抑或不合比例大眼，不得而知，连十多岁小男生都借故坐在邻桌悄悄注目。

不久之前遭人欺骗伤害的直子忽然得到补偿。

胡球轻轻说：“下次不再与你外出，太抢镜头。”

直子浅浅笑，胡球希望不要有旁观者着迷昏倒。

她在手术桌上整整六个半小时，真是巾帼，并无人陪，一个人慷慨从义，签下生死状，手术后休息一日，自己出院叫车回家休息，连看护都表示佩服。

接着，一个星期之后，上班，访友。

旁人开头讶异、好奇、议论，三天之后，又说别的题材，“整年只讲你一人？你倒想。”直子这样冷笑。

隔一阵子同事们习以为常，最新话题是：“见过向先生最新女友没有，是舞蹈家，什么舞，肚皮舞也许，哈哈哈。”

向明就是喜欢那样的女子。

上司含蓄劝他小心，他微笑答：“我知道怎么做，不会再犯。”

他告诉直子：“我想见见胡球小朋友，你帮我约。”

胡球问：“连妈妈一起？”

“只你一人，在办公室小型图书馆，公众地方，下午四时。”

“我下课就来。”

向明看到胡球时她穿着校服，雪白浆熨笔挺，领口缕蓝边，白袜黑鞋，说不出的纯洁清爽。

向明当下就想，怪不得东洋人那样喜欢校服小女生，感觉的确像污浊风气中一股清泉。

胡球又拔高一些，小小面孔上架一副老气黑框近视镜，却遮不住浓眉大眼，仍然不爱美，照旧不戴隐形镜片。

两人见面，说不出的亲切。

“请坐，喝什么，不要客气，最近功课如何？大学打算读什么科目？”许多许多问题。

胡球一一作答。

“我听说你父亲的事了。”

胡球不出声。

“你有你前程，未来有自己的家庭子女，不碍事，多注意母亲情绪，她会失落些。”

“家母同事十分照顾她。”

桌上放着一盘糖果，是那种粉红色极甜巧克力包糖浆糖果，向明却吃了一颗又拿一颗，他自己也有点困惑：“近年爱吃类此糖果，已受医生劝阻。”

胡球脱口说：“女孩子最爱它，因名字有趣，叫作甜心。”

“是吗，”向检察部长吃惊，“怎么我的口味会与小女孩相仿？”

胡球扬起眉角，噫，向先生你忘记你有一颗少女心脏，也许细胞有记忆，你也跟随嗜甜。

向明终于放下那颗甜心。

他分明还有话说，但却一味拖延。

终于他站起：“胡球看到你真好，下次无论如何请赏光一起晚膳。”

胡球看着他，懂事地点点头。

向明手中握着一只减压红色小球，没想到他拾起这个习惯，胡球早已戒掉。

直子在门口等胡球。

“向先生说些什么？”

“一句话也无，奇怪，他明明想告诉我一件事，最终没说出口，你是他亲信，你可知他什么意思？”

“他也许想安慰你几句。”

“我们母女这种情况还有什么好说。”

直子忽然沉默。

胡球觉得纳罕。

就在那天晚上，景唐同学与她通电话：“我在你家楼下，可以见面否？”

“什么事？”

“我外婆辞世，我想与朋友说话。”

胡球由衷难过：“啊，景唐，什么时候的事，快上来喝杯热茶。”

“不知是否方便，我不想给你添乱。”

“家母在天文馆，家里只得我与女佣。”

过一会儿胡球开门给他，握住他的手。

景唐像是好几天未梳洗，胡髭长满腮，衣裤肮脏，身上有汗味。

胡球请女佣给他做面，斟上一杯柠檬冰茶。

他缓缓告诉胡球，老人在上周一病逝，找不到其他亲人，由他独自办事，幸亏有社会福利署帮忙，总算办过去。

他声音很低，听得胡球与女佣悚然动容。

接着他熟不拘礼，呼噜呼噜把面吃下。

他语气炙痛：“其实外婆只有六十二岁。”

胡球握着他手不出声。

过一会儿她替他斟茶，回来一看，景唐已在沙发上盹着。

女佣替人客盖上毯子：“可怜，不知多久没吃没睡。”又说：“我明年也六十了，如有险失，不知——”

胡球挺身而出：“有我。”

女佣双眼润湿，连忙回厨房工作。

过些时候，景同学骤然惊醒，一时不知身在何处，一身冷汗，忽然看到胡球雪白小脸，才喘定气。

“球球，我有话说。”

球球坐到他身边。

“球球，外婆略有积蓄，都拨到我名下，柳暗花明，我终于得偿所愿，可以赴美升学。”

胡球没料到景唐披露这个消息，睁大双眼。

“我十分为难，”他说下去，“你只得十五岁，尚未成年，否则可以一起走。此刻，不过，胡球，我们一定要维持联络——”

讲得那样吞吐，又那样明白，胡球霎时间知道她要失去景唐这个朋友，平时像个小大人的她骤然受到刺激，一时透不过气，她站起，嘴巴变成∩字，抿半晌，终于忍不住，哗一声哭出，豆大眼泪不住滴下，仰起头，把所有怨气，包括父亲丢弃她们母女的委屈苦楚全部发泄出来。

景唐惊得发呆，连忙抱着胡球：“别哭，别哭！”再也没想到少女反应如此激烈。

女佣连忙赶出护主，一掌推开小男生。

偏偏这个时候颜女士落班回家，在门外已听见女儿号啕哭声。

她惊异不定，踏进门来，一眼看到陌生邋遢男人，大惊喝问：“你是谁？”

景唐知道这次糟糕，也好，他想，趁机下台，他连忙答：“阿姨，我是胡球朋友，将有远行，特来告辞，对不起，打扰了，我这就走。”

趁大门还未关上，一溜烟逃跑。

颜女士迁怒：“胡球，怎么放陌生男子进屋，后患无穷，你为何一点危机意识也无？”又指着女佣，“上次遭人捆绑九死一生惨事已经忘记？”

女佣辩说：“那只是个孩子——”

“起码六呎高，一座山一般，胡球，你有何解释？”

胡球本来面对墙壁背着她们，这时缓缓转过身来，说也奇怪，短短几分钟，情绪仿佛已经平复：“我累了，我去休息。”

颜女士气结：“这孩子，越发糊涂，叫我怎么放心。”

女佣拉住她，把刚才那一幕重述一遍：“真只是两个孩子，这男孩刚失去外婆，又将远行。”

“我怎么不知有这么一个人，皮色棕啡，非我族类。”

身为先进科学家的她忽然变得心胸狭窄，不能容物。

女佣也意外："太太你一向不是那样的人。"

她开一瓶冰冻啤酒，喝一半，渐渐镇定。

她在女儿房门外说："球球，对不起，我反应过激，是我不好，但经过上次，我已吓坏。"

母亲向女儿道歉，那真是上一代听都没听过的事。

女佣在一旁说："这事以后也别提了，反正那男孩已决意出国，再也不回来，球球以后见不到他。"语气明显偏帮胡球。

胡球躺在小小床上，觉得生命是一个骗子，拐走她父亲，又带走好友，只有年龄缓缓增加，除此之外，一样比一样少，终于会变成母亲那样，心肠刚硬，一无所有。

景同学还会与她见面吗，不用很聪明的人都知道大抵不，胡球与母相依为命，她也不愿意到那美丽新世界探险。

景唐不同，他在本市空无一物，无牵无挂，不走还待几时。

想明白了，胡球转身入睡。

第二天是学校假期，颜女士照常上班。

女佣问："太太你不陪球球？"

颜女士想一想："我这个寡母已经尽力，再低声下气，怕活不下去，也只得由她去想通为止。"

胡球约了直子出来，不由得说到昨晚的事。

直子同情："亚裔妈妈都一个样子，家母也一般封建，我二十一岁离家出走，我不便表示意见，怕对你有不良影响。"

"其实不过是一个同学。"

"他比你大，心思也较复杂。"

"他对我很好，指导我做功课。"

"我肯定以后会有更好的男生。"

"直子，说一说你与男性的经验。"

"唷，"直子尴尬，"不妥，我比你大许多，说这个，怕令堂会觉得突兀。"

"你同自己家人一样。"

"人要自己识相，阿姨当我自己人，我更要谨慎，言行不可闪失。"

"咄。"

"我可以推介几本书籍给你，健康益智，绝不沉闷，观点开明。”

“也好，请把书名写出。”

直子忽然鬼祟：“大学时期，有几个师姐，把她们经验写下，目录分别为《最喜欢》《最厌恶》《最值得注意》三类，十分风趣，见解也相当直接，故从未发表，也未刊登网上，据说她们每年增删内容，打印结集，在校园会所出售，所得全部捐赠慈善机构。”

胡球睁大双眼：“你可有存书？”

直子觉得为难：“也罢，我给你一册，记住，只供参考。”

“明白。”

颜女士下班回家，食欲不振，用手托着头，问女佣：“胡球情绪如何？”

“小孩子，刹那雨过天晴，浑忘前事。”

这是真的，隔着房门，都听到胡球独自在房内圣诞老人般呵呵笑声，有时还“哇哈”一声。

“她在干什么？”

“也许在看胡闹电影。”

胡球在读直子提供的师姐赠言，她们的经验真实惹笑，妙不可言，有人这样写：“必须注意，器官这一部分属于一体。”绘图说明：“不要企图拉扯分开，粗鲁可以使对方致命，请温柔对待。”就是看到这里，胡球笑得翻倒。

过些时候，颜女士轻轻问：“你那同学，可有与你通信？”

胡球据实答：“他准备开学，十分忙碌紧张。数据说，平均只有百分之十五学生可以在四年内毕业，热门科学如医学及建筑，四百多人抢三十个学位，每学期分数如落在七十六以下，请即走路。他第一年打算住昂贵宿舍，第二年熟悉环境才搬出。他说此行是背水一战，破釜沉舟，卧薪尝胆，非做出成绩不可，不然对不起他外婆等等。”

“你怎样回复？”

“我最怕这种蚂蚁蜜蜂性格，动辄鞠躬尽瘁，杀身成仁，我没有回复，过些日子，他必放弃联络。”

颜女士放下心头一块大石。

“胡球，你道理分明，不枉我疼惜。”

胡球无奈，这是景唐同学拼搏前途要紧关头，她如不退让，一定没趣。

“直子有话对你说。”

“是吗，为何吞吐？”

“她要升职到美首都华盛顿办事处，一去两年。”

胡球不出声。

“我祝贺她前程似锦，送了一件御寒衣服。天下无不散之筵席，直子这几年吃了不少苦头，这次加官晋爵，是一个补偿。”

胡球只缓缓说：“你赠她的衣服，在美国穿出，怕会遭环保人士泼红漆。”

“不会，镶在里边，没人看得见。”

“真是怙恶不悛。”

直子这次到访，带着两个女友，介绍给胡球：“以后说心事，找这两个姐姐也一样。”

她们比直子活泼，进胡球房内，掩上门，恳切地说：“球球，说几句。”

胡球莫名其妙。

“直子披露，你有若干未卜先知能力，我俩只想问婚姻。”

胡球大表讶异：“直子真那么讲？”

直子忙分辩：“我只说你有极佳分析能力。”

胡球微笑：“那么，让我们一起聊聊，嗯，婚姻，你们想知道什么？”像煞有介事。

“会否幸福。”

直子气结：“你们这两人，全没有姐姐的样子。”

胡球不加思索答：“你俩可能各会离婚一次。”

“嗄，什么。”大失所望。

“这是先进西方国家的科学统计，像未来一年之内，四分之一妇女将罹癌症，又二十年之后，北美人口有一半以上痴肥，而三十岁左右结婚人士，百分之五十五会得离婚。”

“哗。”两个小姐姐颓然。

直子拍手：“活该得到这种答案。”

胡球说：“不过，两位这样年轻漂亮活泼可爱，一定有许多人追求。”

两人又笑：“但愿是真，多谢吉言。”

她俩结伴看电影去，直子这时才问胡球：“两女会快乐否？”

胡球反问：“你说呢，依我看，女性只有在年轻时会开心一会儿。”

“是，”直子同意，“总有异性在楼梯口等候，总有人愿意讨好我们，说好听的话，之后，又同别的更年轻漂亮的女子说去了。胡球，你不怕，你还没开始。”

直子唏嘘一会儿。

稍后问："不知胡先生可有与你们联络？"

"据我知没有，他大抵为那两个幼儿张罗忙碌。"

"胡球，我下周一离开本市。"

"妈妈的意思，你来舍下吃一顿便饭。"

"我一直打扰你们。"

"请继续骚扰，不必避嫌。"

"这两年，如果顺利，希望找到对象。"

这始终是女儿家一宗心事。

颜女士这样说："直子，祝你一帆风顺，心想事成。"

胡球说："你爱吃这鸭汁云吞，多吃几件。"

直子黯然，她轻轻说："我好比一叶浮萍，四处漂流觅前程。"

说得颜女士心酸。

吃完饭一边喝茶一边谈，直到深夜，颜女士说："直子你回去吧，明朝要一早出发。"

这时，直子脸色忽然沉重，五官挂下，过分完美矫形脸看上去有点像面具，胡球有点害怕。

"什么事，直子？"

直子缓缓说："我有一纸机密文件，给你们过目，只可看三十秒钟，之后我会收起。"

颜女士惊疑："直子，那是什么文件？"

直子自手袋取出一张纸，打开，血红印子打着的"机密"两字先映入眼帘。

胡球眼快，看到标题：律政署商业罪案组调查华资银行贷款部异常行为，据知情人士举报，该部门主管胡子杰涉嫌签批大量贷款予若干无抵押公司，索取不合法佣金——

直子这时唰一声把纸张收起。

颜女士浑身颤抖。

直子轻声说："调查行动约于六个月前开始，最近该组已收集到足够起诉证据，款项为数至巨，佣金数目达一亿七千多万，我看到文件，实在无法隐瞒，趁调职远离前夕，知会你们，有什么事，好歹有个心理准备。"

颜女士的脸已变成白纸一般。

直子站起："我要走了，此事当不致牵涉到你们母女，或许会有问话，胡球，向先生一贯关心你，有疑问可去找他，请勿披露你们得悉此事。"

直子取过外套离去，竟无人送她，她自己轻轻掩上大门。

母女呆坐半晌，颜女士这样说："我累极了，想早点休息，胡球，明早你到飞机场送一送直子。"

"妈妈——"

颜女士扬扬手："不怕，路人皆知他那一亿七千万花到什么地方。"

她像穿上铁鞋，几经艰难，才能举腿踏前一步。那样，一步步蹒跚走进卧室，胡球隐约可听见母亲喃喃说："是什么叫一个人变成这样，以后叫胡球怎么做人。"

胡球想喊出声："我是我，我靠自己站立，我会做好自身。"但像在噩梦中求救，张大嘴，发不出声音，她整张脸麻痹。

她静静坐在客厅，听着女佣收拾碗筷叮叮响。

那晚少女没有入睡，清晨，她淋浴洗头，换上运动衣裤，出门到飞机场。

没想到有人比她还早，那是向先生，负责检控她父亲的小组是他下属。

只见向明穿着件黑色长大衣，高大背影真有点像传说中无常判官，胡球害怕，趁他与直子说话，想转头离去。

却被直子叫住，胡球转身，看到他脸上关注的神情，同自己说：他是人，不是鬼。

直子说："胡球，你来了。"

胡球点点头，一言不发，与直子拥抱。

时间到，她朝胡球挥挥手离去。

向明把双手插袋里："你已知道。"

胡球点头，他也一直想给胡球通消息，碍于身份，再三踌躇，图书馆约见，频频吃糖那次，他内心几番挣扎。

向明对两个少女有所亏欠：一个捐心，一个劝慰，若无她俩，他早已不在人世。

眼下，他只可以善待胡球。

他说："我送你到学校。"

他的司机是个明艳女子，大清早也化浓妆，与向明态度亲昵，叫胡球"小妹妹"。

胡球坐轿跑车后座，心事如铅，一声不响。

——是什么叫一个人变成这样？

胡球也想知道。

艳女把车停在一间餐厅门口，侍应送上纸袋，她这样说："这家店的蘑菇奄烈[1]特别好吃，你试一试。"

胡球接过道谢。

回到学校，她在储物柜取过校服换上。

同学闻到香味："什么好吃的，可否共享？"分着吃光光，连一杯咖啡也取走。

胡球呆半晌，回到课室。

靠自己双腿站立，做自己的事。

如果还不太迟，胡球愿意这一刻开始努力。

她内心忽然明澈，老师所说每一句功课，都钻进脑子，并且深深记住，像一道篱笆忽然拆除，再也没有阻碍。

过两天放学，走出校门，看到向明在车里朝她招呼。

校工十分警惕："胡同学，你认识这个人？"

"是家长朋友。"

"他唤你上车，我想不大好，胡同学，上车容易下车难。"

向明约莫知道校工说什么，下车走近，出示身份证明文件，谨慎校工仍把车牌号码抄下。

---

[1] 奄烈：鸡蛋卷，Omelette。

“向先生你有话说？我还得回家写功课。”

向明吁出一口气：“难为你了。”

胡球不出声，过一刻，她轻声说：“是什么令一个人变成这样子？”

向明微微感喟：“一个人的性格会随着环境变迁转移，所谓人穷志短，我也经过那种意志消沉的悲哀日子。”

“可是家父好端端过日子，并无刀尖枪头逼他作奸犯科。”

“他的弱点，是经不起引诱。”

胡球说：“世上有的，他都不缺。”

“或许，他觉得不够：屋子不够大，车子不够豪，吃穿不够奢侈……物质无穷无尽的引诱：私人飞机游艇多么特权舒适，受人奉承何等适意……”

“但是，事情会有后果，他不是一个笨人，在银行贷款部做了几十年，必知违规结局。”

向明不方便与胡球谈及已进入司法程序案件，只得假设。

向明轻轻说：“古时有一书生，受术士蒙骗，只说有一块树叶，贴在额上，可以隐形，随意盗窃，不为人知。

他信以为真，跑到街市，取去财物便走，被巡捕逮住，问他：‘你不见看守？’他答：‘不，我只见财宝。’”

“嘿。”

向明带胡球到会所吃点心喝茶。

小女孩悲哀说：“家父矮小精悍，虽然其貌不扬，但注重仪表，看上去也很舒服。他有一种殷实气质，客户，尤其是女士们都信任他。”

向明不出声。

少女愿意倾诉抒发情绪，是件好事。

“他与家母是大学同学，她功课胜他，人也秀丽，比他高两吋[1]，他努力追求，人家都笑他多余，但家母欣赏他勤学可靠……一个人，怎么会变成这样？”

胡球痛心疾首，双手掩胸。

向明说：“你得有心理准备：社会痛恨贪得无厌之人，一定也会以异样目光看你，你必须学会若无其事，如常生活。”

“那不就是厚颜无耻。”

---

[1] 吋：英寸，一英寸相当于 2.54 厘米。

“你觉得呢？”

“仿佛有几个选择，像远避外国，改名换姓，隐居。”

“你才十五岁，躲到什么时候？”

“也有人受不了压力，自杀谢世。”

向明吃惊：“贪污渎职的又不是你。”

“家父会自寻短见否？”

向明答：“我不能回答这个问题。”

胡球忽然问：“这可算家道中落？”

向明把大手搁胡球肩上：“现代人不论家道。”

“多谢向先生鼓励，把一切不可能的道路剔除，唯一选择，便是与家母咬紧牙关如常生活。”

向明点点头。

胡球忽然想起：“那位捐心少女的母亲，你们还有见面吗？”

“每个月头一个星期六下午，我必登门造访。”

“你们有特殊亲切感吧。”

“她家一些找不到的琐碎对象，我都下意识知道放在哪里。”

胡球说：“不外是抽屉角落柜底或床下之类。”

“但当事人觉得是感应，甚觉安慰。”

“你的身体可安好？”

“需每日服食抵抗排斥药物。”

“向先生谢谢你的时间。”

那天下午，胡球到理发店剪了短发，又验眼配隐形镜片。

她希望同学认不出她。

那是一个星期三，胡子杰在本市飞机场出境实时被捕新闻及图片刊在新闻二版，头版是一项警匪枪战一死一伤消息。

他叫子杰。

父母对他有所盼望，给他一个这样美观悦耳的名字：胡家子弟杰出，可是，他辜负了那样的好名字。

一个人行为不端，惹起多少亲人痛苦。

胡球忽然想到他另外一个家庭，那年轻妻室与两名小小孩。

他们读到新闻，一定像晴天霹雳，呼啦呼大厦倾，他们又做错什么。

直子写了一封长电邮给胡球，句句都是安慰。

胡球一声不响，到公园散步。

偏偏一脚踏在狗屎上，她急忙走到草地大力擦鞋底。看，一个人倒霉起来确是头头碰着黑。

一只小狗走近，对牢胡球露齿胡胡作声，胡球气恼：“你可信我一脚把你踢入大西洋？”

小狗似听懂恫吓语气，汪汪大叫。

它的主人连忙把它拉走。

是，环境变迁会叫一个人改变本性，一向喜欢小动物的胡球今日性情大变。

走过报摊，胡子杰新闻仍然火热，都是他神情憔悴照片。才几天，影像中的他一天比一天衰老，脸颊脂肪渐渐消失，只剩脸皮往下挂，越坠越低，看上去似一百岁，头发油腻稀少搭在脑后，原来头顶已经秃得这样厉害。

他呆若木鸡，任由记者拍摄。

看样子不是不在乎身败名裂，知道这是羞耻，但，是什么叫一个人变成这样？

他踏出第一步之际应该知道脸皮会保不住。

回到家，在门口脱下鞋子，找胶袋封入，丢到垃圾筒。

听到母亲在书房问：“胡球回来了？”

胡球走进书房，看到邓律师朝她微笑。

“胡球过来坐下说话。”

胡球坐在一边。

邓永超律师身边放着她不离身的沉重公文包，另外有一只盒子，比鞋盒稍大，奇特之处，它会微微郁动。

有什么东西在里头？一定是只小动物，那样小，可能是只幼猫或小犬。

胡球那悲苦的情绪略为放轻。

只听得邓律师说：“他的律师找我说话。”

颜女士淡淡问：“说什么？”

“他想见你一面。”

“我不再认识这个人。”

“他有事请求。”

“我早已不知道他的事，我不便插手，也不关心。”

“他的意思是，请你与卞京女士联络，相帮那女子。”

什么，颜女士不由得握紧拳头，出了事，胡仍只牵挂那边那个人。

她气炸肺，再好涵养与修养也抛到爪哇国，她脸色似白纸一般，一声不发，强忍悲愤。

“据说事发后卞女士大跳大叫，大哭大闹，他差人安抚无效，银行户口已全部冻结，她正尽快将不动产转售，两个幼儿被丢到托儿所。”

颜女士缓缓回过气：“与我无关。”

邓律师说：“你态度正确。”

“这像卖掉我叫我帮他数钱，又像一刀插杀我又后悔无人收拾残局。邓律师，以后此人无论说什么你均无须转告，否则恕我撤换更改法律代表。”

“明白，但胡球呢？”

“胡球未满十八岁，我是她的监护人，但我不是野蛮人，胡球，你可选择去见他，或是不见。”

胡球踌躇：“我要考虑。”

邓永超是明白人，她点点头：“我等你消息。”

她与颜女士说及到警署接受问话之事。

地下那只盒子蠕动得更厉害。

邓律师像忽然想起：“呵，这是我的小比高犬[1]，哈哈，我将离家一个星期，胡球劳驾你代为照顾一下，它生活简单，三餐一宿加一碗水。”

---

[1] 比高犬：比格猎犬，Beagle。

胡球不信："大小方便呢？"

"在浴室铺张厚纸，它懂得走去方便，一会儿我把它生活所需取来。"

颜女士像是听而不闻，继续谈论问话程序。

这时盒子忽被踢开，两只尖耳朵冒出。

胡球不禁微笑。

邓律师用心良苦。

她何来一只叫哈哈的小狗，从未听说过。

这只小狗不似其他小动物，它没有急急自盒子跃出。两只耳朵左右摆动半晌，渐渐露出两只大眼张望，活脱像一个淘气小孩，好不精灵。

邓律师目的达到，胡球注意力移到哈哈身上。

只见它那张望半晌，尾巴也出来了，一直友善地摆动，但四条狗腿仍在盒内。

胡球一直近距离观察，却没去把它自盒子抱出依偎，她是一个慢热人。

这样，人与狗相互观望足足十分钟，小狗忽然推翻盒子，一溜烟跑走，原来它个子那么袖珍，胖胖身躯，一看就知道是幼犬。

胡球也不追它，任由它在屋子走动。

比高犬好动，是只猎犬，它不会乖乖像玩具般坐在主人怀中。

接着两天，胡球有时看到它，有时不。

它不喜吠，也不大亲近人，没有依依膝下习惯，吃时专注，也吃很多。

一次胡球吃点心，两条香肠，转眼不见一条，胡球好奇去找，结果在哈哈床垫底下找到。胡球幽默，把另一条也放一处请它吃。

自此一人一犬找到默契，却仍然她归她，犬归犬，不表示亲昵。

胡球主动与邓律师说话："我愿意见他。"

"我会陪着你。"

"他住什么地方？"

"保释候审，他住一所小公寓。"

"谁照顾他生活起居？据我所知，他从来不进厨房或洗衣房，也不会用吸尘机。"

"他是成年人，不必替他担心。"

没人同情这个人。

“卞女士怎么了？”

“已把肯宁顿公寓出售，套取生活费。”

胡球说：“拖着两个孩子，很快用罄。”

“我也这么想，但，不是我们的事。对，同学如何待你，可佩戴有色眼镜？”

“我不大留意别人眉头眼额。”

胡球的烦恼算得什么。

颜女士到警署接受问话。

待遇算是不错，负责警员是两名年轻女性，语气缓和，邓律师准备妥当文件，颜女士一一出示。

她与胡氏已两年没有任何轇轕，连电话邮件记录也无，不通音信已久，她百分百是个旧人，早已淡出胡氏生命。

可是，她这个遭遗弃的人，到胡氏有事，还得坐在警署接受问话，只觉室温越来越低，她双膝颤抖。

颜女士心中叫苦：呵，我是一个识字的天文物理科学生，怎么会沦落到这种地步。

但仍坚持一一回答问题。

足足三小时问话，她才离开警署，手足冰冷麻痹，邓律师说：“算是快捷。”

颜女士不出声。

报上刊登胡氏贪案细节，像一篇流水账：某年某月胡贷出七至八亿给王某，条件是日后可收取七巴仙佣金；某年某月，在收款前一周，他与王、陈在本市皇冠酒店会面……

娓娓道来，似一个故事。

颜女士回到家，热汤浸浴、喝热茶、加厚衣，寒意三日不退。

胡球见父亲，本来约好在他居所，临时胡氏觉得地方复杂不妥，又改在邓律师办公室。

父女见面，一时认不出来。

胡球看到一个老男人，缩着脖子，西服外套太大，像只壳子，那人憔悴愁苦，不知怎的，还有一股猥琐之态，胡球戒心，站在门角，待一会儿，才忽然惊觉，呵，这便是胡子杰，她的生父。

这一吓，叫沉默的她更加作不了声。

胡氏看到年轻女子站一角，也迟疑打量，谁，胡球？

怎么长这样高了，一把标志长发与黑框眼镜去了何处，只有雪白皮肤依然，几个月不见，少女整个外形变更，呵，不止数月，多久，一年？

两个人没有招呼。

邓律师声音不徐不疾："胡先生，你有话说。"

胡氏缓缓说："对不起，胡球。"

对不起？

排队打尖、心急碰撞，打翻热茶，那才叫对不起。这人一手一脚摧毁两个家庭三个孩子，只说声对不起？

少女忽然动怒："我不该来，看到你这样子叫我不适，你是个肮脏的人。"

这回连邓律师都怔住。

胡氏提高声音："我不求你原宥，只想你拨款项救救两个幼儿。"

胡球想说：我也尚未成年。但她已经站起，夫复何言。

邓律师送她到门口。

"胡球，我可以代你挪动小笔款项——"

胡球只说一个字："不。"

她低头离去。

鼻端还有一股汗臊味，胡氏似疏忽打理个人卫生一段日子，身上传出股隔夜抹桌布似的馊味，就是这种人传染虱子臭虫，以及败坏的能量。

所以母亲不愿见他。

胡球为自己的绝情庆幸。

如果要活下去，也只得这样。

牵牵绊绊，拖拖拉拉，要到几时。

胡氏见到大女儿，一言半语没有提到她的生活、功课、情绪，他仍然只顾得他自身需要。

不是这社会各种引诱叫他堕落，是这种有己无人性格。

她回学校，与同学打乒乓球，浑身大汗，软倒一角。

有人坐到她身边。

“明年就毕业了。”

她点点头。

“听说你功课突飞猛进。”

胡球腼腆谦逊。

“我们的英语文学课有些问题，可否与你一起温习？”

胡球表示是她的荣幸。

同学来到，女佣欢喜，家里终于有人气，连忙做茶点招呼。

三女坐大桌前讨论课文，忽然说到社会上尔虞我诈，没有朋友，只有小人，争做主子，唯我独尊，别人都是愚蠢奴才，供主子使唤……气氛变得凝重，幸亏女佣奉上椰子奶油蛋糕。

这时，她们看到两只软软狗耳从沙发角冒出，接着两只大眼注视美食。

大家都笑："这是谁？"

"别理它，我们快读功课。"

一共逗留两个小时才走，希望每个星期都可以来。

家里有了哈哈渐渐温暖。

叫它之际，哈哈哈哈哈，不笑也像笑声。

胡球买了狗饼干，埋在它睡垫之下。

一次，看见女佣与它说话，蹲在一边，语气如待孩子："站起来，拱拳，对，赏你白切肉。"

不要说一星期，一个月都过去，邓律师尚未把哈哈领回。

胡球看到它，用鼻尖顶住小小红球玩耍，那只球在鼻头转，可是不掉下，它自得其乐，足足玩十多分钟，累了，躲在沙发底睡觉。

一只小动物，恁地懂得随遇而安，自得其乐，人类该向它学习。

又一日，看到它穿着一件按身定做的蓝色毛线背心，呵，哈哈是男儿。

家里两名女性长辈与它渐熟，颜女士唤它，它立刻跑到面前，有时刹不住脚，会往前滑一两呎，十分惹笑。

胡球看到母亲替它沐浴、刷牙、抹身。

养狗人家都隐约有一股味道，也许她们家也有，但胡球已不觉得。

胡子杰一案渐渐在报上消失，另外有更震撼更惊人的消息刊登：十八岁孙儿向七十岁祖母索钱不遂，砍杀老妇；三名幼儿遭弃在商场无人认领；两匪械劫银行，警匪枪战，还有无数豪门争产事件……

在颜宅，胡子杰阴影幢幢无处不在，像一只怪兽，但母女只装作看不到，有时它狰狞地飘浮到身边，胡球会伸手拨开它，正眼不去看它，但确实知道它的存在。

老好土井直子的邮件不断："报上消息全知道了，新闻做得极其详尽，值得一赞。呵，胡球，你心中想必难受，不幸中大幸：民智渐开，记者并无上门骚扰你们母女……"

直子转载好些笑话给胡球共享，胡球全笑不出。

她又传照片给胡球。

胡球留意到一个英俊白人男子与她亲热。

这直子，一贯喜欢外国人。

“金发碧眼的他是谁？”

“来自瑞典奥斯陆机械工程学生海雅陀，暑假我将往他祖家探访。”

“北欧人不羁。”

“哈哈哈哈哈。”

胡子杰裁决终于有结果，受贿罪名成立，判刑六年，实时执行。

这时广大市民已经忘记胡子杰是何人，犯的是何案，只有胡某的家人，腰间似中利箭，直不起身子。

邓律师深夜探访母女。

颜女士这样说：“你时常这样月黑风高偷偷来悄悄去，人家会说闲话。”

“事情总算告一段落。”

“千挑万选，嫁了一个贼。”

“过去就是过去，烟消云散，忘记算数。”

“我倒罢了，胡球呢？”

“胡球可往外地升学，越远越好，清华是上选，要不，往新西兰。”

颜女士说：“真不舍得。”

“还是老式父母有智慧：下一代，不就是人人都有的子女吗，芸芸众生，在家严加管教，有什么不对老实不客气体罚刮打，棒头出孝子。有粥吃粥，有饭吃饭，成年后通通出去工作帮家，年轻人双手打天下，抓到多少便多少，动辄怪父母扶持不力？有本事再投胎好了。”

“哗。”

邓律师说别的：“你可有想过，为什么要读大学？”

“一个学者说，大学生活可释放一个人……自偏见、愚昧、无知中释放。”

“不，只有读毕大学才可以说读大学无用。”

颜女士笑出声。

“笑了，笑了。”

颜女士说：“不知牢狱生活如何。”

“可愿探访？”

“一把年纪，已不想虚伪。”

“你与胡球的名字，都在探访名单上。”

“拜托。”

“他低估了你。”

“不妨，我自身挨过每一天，办妥开门七件事，负责衣食住行，孩子学费，谁低估我都不要紧。”

“可有男朋友？”

“嘿，你又可有男伴？”

“我与你不要紧，胡球呢，可要异性朋友？”

“胡球对男性或许有所恐惧。”

“年轻人求偶心切，足以战胜任何畏惧。”

胡球这样写日志：生父在狱中……

不是每个人可以这样说。

在图书馆，她喜把头枕在双臂上读功课，同学说：“近视会加深啊。”已经深无可深，她不再担心。

悠悠我心

叁·

日久世上每个人身上心头都有损伤，
请勿怨天尤人，
因为这就是生命。

生日，十六岁。

颜女士做了蛋糕，小狗哈哈吃最大份，“无糖，不怕。”

人类也逼着吃淡蛋糕。

“向先生请你吃饭。”

呵，是向先生。

“我答允你会单身赴会。”

“妈妈你呢？”

“我不想花精神化妆更衣腰酸背痛笔直坐几个钟头。”

“出去看看也好。”

颜女士不再搭腔。

向明的司机来接，“哦，”他忍不住多嘴，“长这么高了。”

胡球穿一件母亲的藕色乔其纱旧衣，她走路一向摇摇晃晃，这时看，像时装模特儿走天桥。

在座另外有两位客人，一个是向明的女友，另一个是他助手。

女伴打趣说："胡球，他叫彼得，是介绍给你的男朋友。"

胡球微笑。

那彼得一副精灵模样，一看就知道是个年轻律师。近三十岁的他一心一意想升官发财，听到这话，看着胡球，也笑个不已。

"还是个孩子嘛。"

向明一直留意电邮，稍后，连他自己都烦："我并非一个没有礼貌的人，真正身不由己，自从发明这种玩意，二十四小时当差。"

女伴说："你有事先走好了，我陪胡球。"

这时，胡球看到一件奇怪的事：彼得朝向明的女友微微颔首，这下意识动作才十分一秒，已落在胡球眼内，呵，原来如此。

"那恕我与彼得先走一步。"

两个穿着合身深色西服的男子一起站立，煞是好看。

"对不起，胡球。"

胡球答："不妨。"

他们离去后，艳女有点不安，稍后问胡球可要喝香槟。

胡球说："我们也走吧。"

"我答允——"

胡球忽然低声说："向先生对你那样好，他人又长得漂亮，你不该背叛他。"

"什么，小朋友，你说什么？"

"他很聪明，很快会知道真相。"

"你说什么？"

"你与彼得，可是待会儿约好见面？"

艳女变色，这少女是个精灵，闲闲道出她心中大秘密。

胡球的声音更轻，但似游丝钻进她耳朵："向先生对你那么好，你会后悔。"

她忽然说："但是你看到，吃一顿饭也半途离去——"

胡球站起来："我要走了。"

把她一个人丢下。

司机看到她迎上："胡小妹妹，向先生叫我送你。"

回到家闷闷不乐。

颜女士问："怎么了胡球？"

胡球打了一个呵欠："我去休息。"

小狗走前几步，想跟又踌躇，少女对它一向淡淡。

看，一只狗做事都会得思考后果，人类却肆意妄为。

胡球叫它，它大喜，跳入她怀抱，她抱住它，它舔她面孔，她把脸趋近，眼对眼。

还是哈哈可靠，这是胡球十六岁的新发现。

接着的大事：胡球毕业，升上大学。

胡球做小学生时头一次听老师说到大学，惊讶不已，七岁的她一直以为挨完小学便大功告成，不料老师说："小学毕业后你们升往中学，然后升读大学。"胡球高声说："哗，妈妈，unitricery！"

妈妈笑着更正，是university，今日，都到眼前来，呵，时光飞逝。

大学堂占地大如小镇，叫胡球彷徨。人人比她高大漂亮强壮懂事，女生大半化妆打扮穿高跟鞋，看到男同学懂得侧头微笑，相形失色的胡球如丑小鸭。

偏偏这时胡子杰要求见她。

邓律师陪少女前往探监。

他只有一句话："她们母子三人实在过不下去了。"

胡球却说："我听说过黄粱梦故事，做梦的好像只有一人，没有他人。"

说完就站起来。

邓律师陪着胡球经过重重关卡，又走出生天。

胡球吁出一口气。

只要胡氏问一句"球球你升入大学了""读什么科目""还习惯吗""可有要好同学"……胡球都愿伸出援手。

但没有，胡氏一句不问，仍然只提着他个人所需。

隔半晌邓律师才说："瘦多了，不认得。"

胡球说："以后别再叫我。"

邓律师轻轻吁口气。

胡球回到学堂，表面上若无其事，可是心里掏空。赶时间下楼梯，一脚踩空，滚下梯级，摔在楼底。

她扭伤足踝，痛入心肺，再也站不起。

剧痛叫她产生幻觉，眼前金星飞舞，忽然像是回到那晚，遭直子恶男友虐打，她伸出双手挡住头脸，肢体蜷缩一团。

幸亏这时同学纷纷赶近，"怎么了""自楼梯滚下""一定伤了足部""快扶去急救室""她不能站"，两名女生紧紧抱住胡球，"不怕，试着站起。"

忽然有一男同学见义勇为，他一下把胡球整个人抱起：“忍耐一下，我们这就去找医生。”

胡球痛得脸色发白，忍不住落泪。医务所就在附近，男同学放下她，交给看护，简单交代几句，便去赶课。

医生检查后说并无大碍，但还是照了 X 光，然后扎上纱布，穿上橡筋袜，给了药，还配给一支拐杖。

胡球啼笑皆非，刚开学就成了阿跛。

回到家，颜女士才发觉女儿受伤。

“为什么不实时知会我？”

“医生说两个月后会自然复原，无大碍。”

“这一季你如何上车下车？”

“我想暂住宿舍。”

“有空房吗？”

“校务处可做特别安排。”

胡球因腿伤搬进宿舍独立生活。

邓律师前来探访，看到小小房间，不知住过多少届学生。小窗户看出去是一大棵槐树，指桑骂槐，指的就是这个树。

她说：“环境真好，我也巴不得回到学堂。你看，与世无争，清淡天和，在校园内是天子门生，一出去是芸芸众生。五万个大学生，一万名教职员，这学府是本市最贵重地区。”邓律师说什么都不忘实际数字。

“妈妈好吗？”

“她很放心，只是小狗哈哈，一听门响，便出来张望，以为是胡球回来，见不是，便嗒然躲起，十分颓丧。”

“不就是一只小狗，给些饼干，一样欢天喜地。”

“给了，不吃。”

“呵，周末去看它。”

“你的狗腿如何？”

“黄肿烂熟，情况比想象中严重，但照过片子，又说没有骨折筋断。”

“待腿伤复原，你该考驾驶执照。”

“邓律师，改了例啦，要十八岁才能考路试。”

“呵，这政府真会与家长作对，又得劳驾大人多挨两年。”

胡球也觉无奈，社会及家长都不放心放手，却又抱怨少年不愿长大。

“找到当日那个抱起你往医务所的男同学没有？”

“他没留下姓名。”

“登一项启事：某同学注意，依照东方国家规矩，你救抱过的女生，必须嫁你为妻，尽速联络。”

胡球看着邓律师：“我真希望到了你的年纪还有你一半诙谐乐观心情。”

“嘿，我这般年纪！”

“告诉我，过了四十，是怎么一回事？”

“晚上，回到棺木中睡。”

“不不，人生观如何，体能怎样，是否长出智慧？”

“你说呢？”

“妈妈在她的能力范围内是处理得再好没有。”

“颜女士的确难得。”

这时有同学敲门，一进来看到邓女士带来的糕点水果，老实不客气，打开用手抓起就吃，又唤朋呼友一起共享，小小房间霎时挤满年轻人。

胡球搬到宿舍是好事，这里充满人气，胡球是应与同龄无聊少年共处。

邓律师轻轻说：“向先生与女友闹翻。”

“不知怎的，他老留不住女伴，两次离婚，又与两个未婚妻分手。”

“人人都喜欢他，但没人愿意与他共度一生。”

“他是有点怪，试想想，怀着另一个人的心脏生活。”

“而且，听说每次都是女伴不忠。”

“真可怜。”

桌上食物一扫而空，同学也纷纷散去，简直是社会缩影。

邓律师告辞之后，胡球收拾房间，抹桌面之际，看到刻着“九六年玫❤明”字样，这对少年恋人往后不知如何，十多年过去，沧海桑田，物是人非，当事人恐怕早已忘却这件事。

书架上也刻着“功课讨厌、生活讨厌、你也讨厌、我更讨厌”字样，简直是一首新诗。

胡球腿伤渐愈，对宿舍却恋恋不舍，她喜欢它狭小脏乱，闹哄哄，整条走廊动静都一清二楚，一声喊，同学都会聚拢。

生物课演讲厅一百数十人，讲师不认得她，她也几乎看不到讲师，她转课，到全校最少人的班上，才二十四个同学，冷门课是艺术系的“鉴证作品真伪”。

颜女士知道了这样说：“一般家长觉得学有所用才是。”

“你不是那种家长。”

“家母当年说：‘你还在看星星月亮太阳？’像是活该饿死别向家中任何人求救的样子。”

“毕业后我可到苏富比拍卖行工作。”

“我不会阻挠你的兴趣。”

“鉴证涉及许多科学元素，讲师一开始就说：‘鉴证只能指出伪作，不能肯定真迹。’”

“说得好。”

“像英国画家康斯脱堡[1]的云层，门外汉肉眼所见都知真伪，康氏笔触轻妙无人能及。”

颜女士见那样高兴，只能微笑。

同班同学一副未来艺术家模样，男女都长发，男生也梳一条辫子，围纱笼裙、穿人字拖鞋，已经够邋遢的大学生到了美术系更加去到另一层次。

胡球一人干干净净清清爽爽，穿卡其裤白色长袖衬衫。胡球想，真是，谁也看不出她是囚犯之女，外表多么骗人。

她独自坐角落。

---

[1] 康斯脱堡：约翰·康斯太勃尔，John Constable，英国皇家美术学院院士，19 世纪英国最伟大的风景画家。

今日，讲师说到画布、颜料、框子、标签、历史，均是十六世纪真货，但画的本身却假，学生们笑不可抑。

胡球轻轻说：“一天卖了三百个假，三年卖不出一个真。”

身边男同学听见，侧头看她，该刹那把她认出，不禁微笑。

这是班上唯一干净相的男生，可是仍然一脸胡髭，头发结一条马尾。

有学生问：“为何历代均有人制作品？”

另外有人答：“笨星，牟取暴利呀。”

“又什么谓真，何物谓假，一幅画，只要看着赏心悦目，真同假，有什么分别？”

讲师气结：“各位同学，这不是哲学课，这是美术鉴证。”

胡球坐在角落微笑。

讲师出示一小块青金石：“将之磨粉，可化为最美丽的蔚蓝，文艺复兴画作中圣母所穿袍子最佳选择，它重量与黄金同价。”

“几时可以试用最新镭射透光机[1]？”

---

[1] 镭射透光机：激光镭射机。

“那才是照妖镜。”

“读完这个课程，我们都学会作假，哈哈哈哈哈哈。”

下课，大家往茶厅喝冻饮。

有人对胡球说：“你一言不发。”

胡球抬头，看到一脸胡髭，不知怎的，她对这男生有好感。

“我叫庄生，你不记得我了？”

胡球凝视他：“不，我记得。”

她忽然握住他的手，把他五指摊开，看他手掌，神色变得神秘、深邃、隐秘，有点难以捉摸，然后绽开笑容。

“庄生，”胡球说：“那天，你没有留下姓名，我一直希望再次见你。”

那叫庄生的年轻人十分高兴：“你认出我了。”

“当然，照我国习俗，女子被谁抱过，就得嫁谁，你如何逃得过。”

庄生一听，没想到文秀小女生会讲这种笑话，意外之余，平日老三老四的他忽然脸红。

胡球看在眼中，眯起眼笑，要叫男生双耳烧红，毕竟难得。

“你调到我们这一班来。”

“一点也不后悔，多么有趣，迫不及待希望用透射看到名画底部，画家犹疑改动之处。”

“你纯为兴趣？”

“学习当然是为兴趣，你呢？”

“庄家自祖父起就经营一所小小画廊，父兄叔伯，全是员工；我不例外，将来也要周游列国替客户寻找美术品。”

“我知道了，你家画廊叫‘生生不息’，十分著名。”

“你好聪明。”

胡球笑：“你是生生，不息是何人？”

“我的弟弟，他叫稍息。”

胡球羡慕：“好名字，有文化。”

“腿好了吧。”

“真没想到一扭之下拐足个多月，至今不敢跳跃。”

说说笑笑，时间过得好快，一看手表，已经下午四时。什么，两个钟头过去，噫，怪不得他们都说一有异性好友时间会不经用，呵，要回宿舍了。

只听庄生说：“讲师说翌年可带优异生往伦敦美术档案处参观全球名画转手记录。”

“哗。”前景无限好的样子。

依依不舍送到宿舍楼下。

那日傍晚，胡球收拾脏衣物，带回家洗涤，一边揶揄自身疏懒，宿舍地库一排洗衣干衣机，免费使用，可是她就是不愿动手。

一个少年要真正独立，不知要待何年何日。

她扛着帆布袋乘公路车回家。

到达大厦楼下已经一身汗，同从前住独立屋及司机侍候之际是不能相比了。

她走进玄关，管理员示意有话说。

胡球趋近。

“颜小姐去了上班不久，她们就来了，说要上楼找她，但你家用人说不认得，不放进门。她们在停车场一角等了个多小时，又累又渴又饿，我给她们一包饼干一瓶水，你可认识她们？”

胡球吃惊，朝管理员暗示方向看去，这时才发觉有人像动物般蹲在停车场角落。

一个女子，两个小孩坐在婴儿车里，稍大那个不住要哭着爬出，整张脸眼泪鼻涕。

管理员说："下班时间即到，其余住客势必投诉，胡小姐，你说怎么办。"

胡球想一想，木着脸说："你报警吧。"

"但她一定会说要找颜宅，警察必找你问话。"

少女思量，拨电话给邓律师。

老好邓律师说："我马上到。"

她十分钟就赶到与胡球会合。

胡球上去握邓律师的手。

邓感慨地说："终于找上门来了。"

"她要什么？"

"真是个孩子，难道还来找温情，当然是要钱，鲨鱼在一公里外可以闻到一滴血的气息，何况是她。"

"那唯有给她一点打发她走。"

"又说孩子话了，给多少，给到什么时候？今日给了明日又得给，颜家有多少可给？"

胡球愣住："怎么办？"

"待我处理。"

邓在电话找到熟人，说了几句。

不久，一辆没有响号的警车缓缓驶至。

管理员如释重负，上前答话。

这时邻居带狗出来散步，一对小狗一见陌生人便吠叫，两个幼儿放声大哭。

警员想叫母子三人上车，那女子不依："我要见颜氏。"

这时邓律师与警员会合，她抱手打量那女子，说的是真相却十分好笑，简直是黑色幽默："这位女士，颜女士与你毫无辖轇，叫你生下这两个孩子的不是颜女士。"

连警员都说："别再闹了，我送你们到地铁站。"

"给我饭钱。"

"我们做不到。"

"你明明知道我是谁！"

邓律师冷冷地问："对，你是谁？"

那女子答不上来。

"不要再出现。"

女子大嚷："我会找人替我出头，你们欺侮妇孺。"故意掐孩子大腿，叫他痛哭，不停对陌生警员诉说苦衷。

扰攘一番，终于被警员请走。

可是警员也终需问胡球几句话。

"是怎么一回事？"

“那女子是家父的现任妻子，那两名幼儿是他俩孩子。”

“请问你父亲在什么地方？”

“他在本市深湾监狱服刑。”

警员也不由得吁出一口气。

“这里只得家母与我同住，还有一个管家，没有男子。”

“明白。”

警员放下一张名片：“由我跟进这件事，随时找我。”

制服人员告辞。

女佣这时轻轻问：“会不会做得太绝，那两名幼儿——”

邓律师看着她：“你说呢，你为什么不招呼他们进屋坐，再敬一杯茶？”

“请客容易送客难。”

邓律师用手托住头，想一会儿：“胡球，你回宿舍，这几天不必回来。”

“家母呢？”

“这是她的家，她当然仍住这里，她无须讳避，若不够坚强，不敢面对挑衅，那还怎么生活。”

“要坚持到几时？”

“活着一日，都要挺胸。”

“那多累。”

“你说得对，胡球，日久世上每个人身上心头都有损伤，请勿怨天尤人，因为这就是生命。你看我的偶像向先生，换了心脏还不住约会艳女，真是战士。”

说起他，连胡球都牵动嘴角。

胡球坐下吃点心，想到那两个饥渴的小孩，食不下咽。

不一会儿她母亲下班回来，看到邓律师：“你怎么在这里？”一怔。

邓律师连忙把适才的事说一遍。

颜女士一句话讲不出，隔一会儿才低声说：“祸延三代。”

“记住，不可让任何人知道这里有现款派送，免得后患无穷。”

颜女士答：“明白。”

胡球在一旁听着，大惑不解，她对这两位女士有深切了解：两人在宣明会各助养三名儿童，又慷慨捐助儿童医院及奥比斯飞行眼科医院[1]，为什么对这母子三人铁着心？

---

[1] 奥比斯飞行眼科医院：奥比斯飞机眼科医院。世界第一所飞机眼科医院，它是由一架飞机改装而成，自 1982 年成立以来，使两万名眼疾患者在专机上进行手术治疗。

这还是她俩熟悉人物。

可见恩惠因人而施。

“胡某知道这件事没有？”

邓律师答：“由他指使策划，只说另一半财产在你处，叫她来讨。”

“胡说八道。”

“他恐怕也被人逼疯，为着推诿责任，找你做替身。”

“我不会做替死鬼，有无其他办法？”

邓律师苦笑：“我一向机智，但对此事束手无策，唯有硬着心肠，实在无法接济。”

“胡球都看在眼内。”

“她可以应付，不要为她担心。”

“那三母子情况极窘吧。”

邓律师取出手电给颜女士看录像。

颜女士吃一惊，啊，像乞妇，短短大半年，变换相貌，不但半头白发，且一脸黄斑。从前抱保姆手珍贵幼儿，今日坐地肮脏哭闹不已。

她心都寒了，震荡莫名。

呵，搞得不好，这就是她与胡球母女。

邓律师像是知道她想什么："不会，你有工作，你能够生活，你有智慧，你知道什么叫作适可而止。"

"认不出了。"

"这叫作环境逼人，一张脸皮再挂不住。"

"可有住处？"

"这你就不必理会，你只需保护自己及胡球。"

"阿邓你有先见之明，一早坚持把产业转到胡球名下。"

"并非什么真知灼见，办过多宗离婚案，最叫我厌恶是那种一条项链都要讨还的男人——不说了，我还有约，告辞。"

那晚母女很早休息。

胡球整晚似听见幼儿哭叫声音。

那两个小孩体内，与胡球有着相同因子。

生命竟然如此复杂。

第二早她提着干净衣物回校。

一下公路车就看到庄生，他伸过大手："我帮你。"仿佛知道她遭遇，前来安慰问候。

胡球这样告诉直子："怪不得人人要有男朋友。"

直子看着他俩合照，纤秀胡球站在高大宽肩男生身边，煞是好看。

直子如此忠告："也不能纯因心灵寂寥而利用他做填充，必须真正喜欢他。"

胡球把那女子携儿扰闹之事告诉直子。

直子答："真恐怖。"

"怕她有进一步亡命之举。"

直子是过来人，不禁打一冷战："小心，万万不可与之泥浆摔跤。"

胡球啼笑皆非："多谢忠告。"

"胡球，不如到我这边来读书，由我照顾你。"

"家母需要我。"

"自己无胆故作温情。"

照片中只见直子越穿越大胆，挺着新胸脯，开怀生活。

胡球上课下课都有人陪着，好过不少。

从前好友，那位景同学已经长久没有音信。

颜女士就没有那么幸运。

才过几天，那个叫卞京的女子带着孩子找到天文馆她工作的地方。

颜女士动怒，逼不得已，找来邓律师帮忙。

邓律师已申请禁制令，与警察一起勒令卞女士离去。

天文馆是一处比图书馆还静寂的地方，同事们为这场闹剧侧目。

邓律师做了一件相当奇怪的事。

她走到哭闹的幼儿前，用手帕逐一替他们抹眼泪鼻涕，并且给他们糖果。

卞女士扯住警员，不管生张熟李，不住哭诉生活没着落，亲人怎样无良，撇下她们三母子不顾，如今快要饿死……

终于又被警察带走。

邓律师双手紧紧握住颜女士肩膀，一言不发，示意她坚挺。

幸亏同事均是知识分子，悄悄回到岗位工作。

邓律师把染有幼儿眼泪样板的手帕先交到化验所。

她有种感觉，颜女士或可获得解救。

邓那晚到宿舍找胡球。

宿舍门半掩，有男同学在房里说话。

邓律师敲门进去，胡球连忙介绍说是邓阿姨。

邓阿姨看着高大的庄生，这小子有双会笑的贼眼，她忍不住这样说："我们胡球只得十六岁多点你是知道的吧，她比别人早入学。"

两个少年知道阿姨言下意思，忍不住笑。

庄生说："我还有事，先告辞。"

胡球这时才掩上门。

邓律师取出一枝窄圆管，把内里棉花棒拉出，对胡球说："张大嘴，呀。"这分明是采取脱氧核糖核酸[1]样本。

胡球问："干什么？"

邓律师收好棉花棒，慎重放进公文包："我们怀疑你生父不是胡氏。"

"但愿如此。"

"我不会怪你对他无情。"

"这个人不停搞作无聊无益小动作，把我对他稍余一点薄薄感情都刨得一干二净。他胡言乱语，谎话连篇，指使不相干的人来叫我们母女难堪，我厌恶他到极点，若我非亲生，短十年寿命都甘心。"

"他的确讨厌。"

---

[1] 脱氧核糖核酸：又称去氧核糖核酸，deoxyribonucleic acie，是一种生物大分子，可组成遗传指令。

“他佯装统共不记得，是他遗弃我们母女，我俩才是被害人。”

邓律师吁出一口气。

这时有人敲门，是庄生送来两杯咖啡。

邓律师不由得露出一丝微笑。

爱屋及乌，这票小子真懂讨好。

她轻轻说：“他有一双漂亮眼睛。”

“是，眉睫特浓，乌亮闪烁。”

“自己当心呵。”

胡球突然感慨：“也不过是走到哪里是哪里，家父从前怎么看都是殷实好男子。”

邓律师轻轻说：“你口气越发似大人。”

胡球看着她：“邓阿姨，恕我多嘴，你这样关切我们母女，为什么？”

“按时收费。”

“不，不只这样，也许得到你的关怀是我们不幸中大幸；也许，从前你有着相同遭遇。”

“毕竟是个孩子，胡说什么。”

胡球抽丝剥茧，那人是谁？邓律师从来没有结过婚，难道，也是她的父亲，多么不幸。

怎知，邓律师轻轻说："是家母，与她的男伴。"

啊，比胡球的情况更糟，可怜的邓永超律师。

胡球不由得握住她的手。

"每个人的壁橱里都有一副骷髅骸骨。"

"不关你事，都过去了。"

"家母病重还在疗养院。"

胡球说："你一向喜做善事。"

"怎么倒转要你来劝我。"

"因为我们是好朋友。"

稍后邓律师告辞。

胡球躺小床上，可怜的……她想到翌日还有测验，连忙起来温习。

第二早看到庄生，十分意外，他把头发胡髭都修理过了，两腮光滑。

胡球冲口而出："我一直想找机会大力搓揉你那把大胡髭。"

庄生一听不觉忘形："我胸前腋下也有汗毛——"

顿觉不妥，涨红面孔，一边胡球更加尴尬，笑得蹲在地上。

那是一个五月天早上，校园鸟语花香，他俩正年轻着，也堪称良辰美景了。

半晌，庄生低声说：“我怕阿姨嫌我邋遢。”

两人结伴上课。

这校园，叫人一生一世不愿离开。

过几日，颜女士叫女儿请上午假，有事要办。

“又要签名可是，不签可不可以？”

“一定要你我一起。”

一早来接，胡球发觉邓律师亦在场，两个成人都不出声，车子往深湾惩教处驶去。

胡球突然醒悟：“我不去，我不要再见这个人。”

颜女士握着女儿的手：“最后一次。”

胡球抱怨：“每次都揭开伤疤，如何会有痊愈之日，永远血淋淋，还灌满脓。”

“最后一次。”

“你们大人永远这么说。”

到达目的地，停好车，胡球像受刑一般逐步向前挨，一百万分不愿意，脸颊激得通红。

过了好几个关卡，检查核对身份，终于见到胡氏。

他不声不响，看着她们母女。

邓律师先开口：“胡先生，你好。”

胡氏高声说：“都来了，好不整齐。”

邓律师二话不说，把数份文件取出搁桌上，文件抬头写着《国际医科实验所报告》。

胡氏问：“这是什么？”

邓律师脸色沉着，把第一份报告推前：“这三份都是遗传因子检验报告，第一份，属于胡球，胡先生，胡球的确是你亲生女儿。”

胡氏看着邓律师，这样说：“你们三人气色均大好，可见生活不错。”

邓律师不理他揶揄，继续说下去：“这两份，分别属于卞女士所生两名男孩。”

“什么？”

“检验所示，第一名三岁男孩，并非由你所出。”

胡氏闻言变色，站起。

一旁制服人员连忙命令：“坐下。”

“胡说！”

“第三份属于卞女士乙儿，科学鉴证，亦证实非你亲生。”

胡氏脸色转为灰白：“你！你恶意中伤。”

“胡先生，你与外界尚有联络，你可再做检验，最简单不过。”

胡球是狭窄探访室内第二个最意外吃惊的人，刹那间她觉得生父是全世界最愚蠢的坏人，她激动得说不出话，只能呆视此刻瑟瑟发抖的生父。

邓律师说下去：“胡先生，你可以停止一切小动作了，无须再骚扰胡球母女，你们同样是牺牲者。”

胡氏呆若木鸡。

“胡先生你或应与你的律师联络。”

邓律师一手一边扶起胡球母女：“我们告辞。”

她把三份文件留在桌上。

胡球脚步浮动，飘一般跟大人走到停车场上车。

坐好之后，她噗地吐出一口气。

邓律师给她小壶热茶，胡球缓缓喝两口，回过气来。

邓永超把车驶回学校：“胡球，你可安心上课。”

胡球紧紧拥抱邓律师。

两个中年女子结伴喝茶。

颜启真问："你是几时起的疑心？"

邓永超答："我哪里有本事，是向先生主意，他知情后实在看不过眼，拔刀相助，救援妇孺。他找人把卞女士查个一清二楚，她这次回来，并非真正山穷水尽，乃是想把胡子杰榨得一干二净，连渣都一并捞走，哼，她也未免太小觑我们。"

"你指胡氏还有资产？

"狡兔三窟，想必还有若干东西藏在某个地方，各怀鬼胎。"

"最无辜是胡球。"

邓永超说："一件事如果整不死你，你就会因此强壮，胡球于她父亲出事前后，判若两人。"

"我情愿她浑浑噩噩一直做淘气小孩。"

"你没有选择。"

"向先生为什么关爱我们？"

"他有保护市民职责。"

颜女士吁出一口气："但愿就这么简单。"

"当日他病重濒临失救，在医院偶遇小胡球，两人说过几句话，据说，小球感动了他，叫他振作。"

“这事小球亦跟我提过，她到底说什么？”

“你没问女儿？”

颜女士答：“小球说她已经忘记。”

“年轻真好，什么都极快不复记忆。”

“我们从今日开始，想必可以重新做人，我也许该注意胡球功课。”

胡球的感觉似双肩卸下一吨重担子，全身关节又开始活动。她沿着校园跑步，直至力尽坐倒，呼吸畅顺，头顶像揭去厚厚乌云。

从此不必再心惊胆战怕有人将粪便扔到她身上。

那两个孩子不是她的半弟，现在，她可以尽情同情他们，像她关心宣明会有待帮助的孩子。

她流下释放的眼泪。

身边有人轻轻问：“什么事一个人伤心？”

这是庄生的声音，胡球转身紧紧抱着他的腰。

是向他倾诉的时候了。

胡球轻声说：“你可有六个小时，我有事告诉你。”

“长篇小说？可否分上中下三集？”

“不行，一定在整册说完。”

“好好，一气呵成。”

他俩找到公园座位，胡球开始讲她的故事。

她很诧异自己语气平静，原来个多小时已经讲完，庄生听得张开嘴，又合拢。

真没想到少女有此惨淡经历，以后一定要更加疼惜她。

他没有任何置评。

他的胡髭又长回来，他只是握着胡球小手，放在腮边轻揉。

“这段日子，家母比我更难受，人就是这样挨得长出肿瘤。”

庄生不说话。

“以下是永远不会改变的事实：家父是个经济罪犯，他身处牢狱。庄生，如果你认为我家太过复杂，这是你疏远我的时候。”

庄生好似没听见，他这样说：“你要珍惜与母亲的感情。”

胡球用双手大力搓庄生两腮，发出轻微唰唰响声，掌心麻痒，她忽然忍不住咕咕笑。

庄生哗哗叫：“够了够了。”脸色通红。

有同学看见，笑说："神经病。"

活泼的庄生带胡球逛美术馆、游泳、看戏、听歌、喝茶，两人百分之六十时间在一起。

胡球时时咧着嘴笑，她脸盘子小，笑起来露出犬牙极其趣致，庄生时时陶醉凝视小女友。

邓律师这样告诉颜女士："胡球的妈你见过胡球的小男朋友没有？"

"她有男朋友？"

"糊涂的妈。"

颜女士吃惊："可是正经男孩？"

"不，骑哈利戴维生[1]身穿皮衣皮裤的野蛮人。"

颜女士变色："不要开玩笑。"

"你得见见这个男同学。"

颜女士沉吟："太紧张也不妥，伯母看过，阿姨也在一旁，仿佛已成事实，他们好似已无转弯余地，暂时由得他们。"

"你放心就好。"

---

[1] 哈利戴维生：哈雷戴维森，Harley Davidson，世界顶级休闲摩托车品牌。

“我还有什么放不下的事。”

“过几时我与同事们往东京开会，你可要一起？”

颜女士摇头。

“可要我给你带什么回来？”

“母慈女孝，五世其昌。”

邓律师无奈。

就是那个周末清晨，电话骤然响起。

胡球犹疑一下，这个时候谁找她们母女，一听，是邓律师，才放下心。

“胡球，你妈可在家？”

“她刚出门上班。”

“胡球，阿姨要托你做一件事。”

“邓阿姨，你有吩咐弟子服其劳。”

“唉，这件事不好做，我此刻在成田机场设法找最早票子，一小时之前我接通知，家母在普世护理院情况转危，你可否代我先到该处看视情况，给我报告——”

“我即刻出门。”

“我尽快回来与你会合。”

邓律师说出院方电话地址姓名。

胡球抬起头想一想，那是人类在世终站，见识一下，有个准备也好。

她知会庄生，他却坚持陪她。

有男朋友就是这点好，平白多双手。

两个粉红粉白的年轻人走进护理院，叫员工讶异。

说出姓名，看护领他俩走过花园，指向一列房门。

小花园有老人对坐弈棋，动作缓慢，可是不见痛苦，院方把他们照顾妥当。

房门打开，看护说："请进来，郭女士病情一直稳定，直到凌晨，肾脏忽然停止运作，邓律师已经知情。"

两个少年轻轻走近，不需要医学常识也知病人已处弥留之际，回天乏术。

看护说："我就在外头。"

这时庄生轻轻说："人类最迟离去的是听觉。"

胡球走出花园用电话向邓阿姨报告情况。

邓律师说："我这就上飞机赶回。"

"她很平静，没有痛苦。"

"恐怕是见不到最后一面。"

"你已尽力。"

才放下电话，看护已经唤人："快进来，病人想说话。"

胡球连忙抢进，贴近床边。

病人仰头，试图拉开脸上管子，喉咙轧轧作声，想挣扎说话，看护熟练替她吸去痰物。

她忽然叫："妈妈，妈妈。"

胡球怔住，怎么办，看护示意胡球趋近。

胡球勇敢握住病人手。

"妈妈，"她声音忽然清晰，"妈妈，幸亏你在这里，我做噩梦，看到自己七老八十，病入膏肓，躺在医院，就快离开这个世界——"

胡球浑身汗毛竖起。

"——幸亏你在这里，妈妈，多好笑，我昨天才过十七岁生辰，下个月中学毕业，一家人齐往欧洲旅行……"气息渐弱。

胡球低声说："我在这里。"

"身后是谁，是大武吗？"

庄生十分合作："是，是我。"

病人安慰："啊，啊——"

终于吁出最后一口气。

看护轻轻说：“你可以松开手了。”

胡球放下病人的手。

“谢谢你俩。”

“应该的。”

“病人意识模糊，认错时间空间人面是常有之事。”

庄生挽起胡球，一起走出房间。

活着的人总还有事要做，胡球说：“我们去图书馆。”

那天下午，邓永超律师面无人色赶到，在护理院办妥手续，到颜宅休息。

她脸上全是皱纹，除出喝水，什么食物也不要。胡球捧着白粥请求，她才喝两口。

“可有说什么？”

胡球摇头。

“一直昏迷？”

“她熟睡，在梦中辞世。”

邓永超黯然：“算是最好情况，胡球，这次劳驾你了。”

“我很高兴能够担起差使。”

颜女士也感安慰：“没想到胡球会得办事。”

那天晚上，胡球与庄生说：“那叫大武的男子是什么人？”

“也许是病人十七岁时朋友。”

“他们最终可有在一起？”

“恐怕没有。”

“你会记得我否？”

如果不是隔着电话，庄生真想双手捧起胡球面孔深吻一口。

那晚，颜女士说：“邓家母女虽然感情淡薄，却仍然如此伤心。”

胡球不想与母亲研究这个问题，她改说别的。

“妈妈，我已报名学习酒店管理专攻管房及烹饪。”

“学那些干什么，越发刁钻。”

“将来可以独立管理自家。”

“呵，想得那么远，倒是好事，学做什么菜？”

“法国艾斯果飞大厨[1]的菜单。”

颜女士忍不住笑，尽管尝试吧。

胡球意想不到的是第一节烹饪课就碰上熟人。

她穿着白帽白袍全副武装走进厨房，看到该人，不

[1] 法国艾斯果飞大厨：奥古斯特·艾斯科菲，Auguste Escoffier，法国名厨。

禁“哗”一声，那人比她还要吃惊：“你，胡球！”“你，庄生！”

那人正是庄生。

“喂，你怎么在这里？”

“你又怎么会出现？”

“我来学烹饪。”

“嗄，你一向不进厨房，连焓鸡蛋也不会。我——”

讲师“嘘”一声：“下课后才做小组讨论未迟，上课时间请专心。”

两人只得规矩聆听讲师从头说起，先学习各种蔬菜刀法，即华人口中切丁切条切块切丝……

只见庄生做得津津有味，而且形状标准，受导师称赞。

下课，胡球纳罕：“你学这个干吗？”

“我见你什么都不会，假使我也不懂，两人吃什么，总不能天天往外跑。”

少女张大嘴，把这话过滤，思考片刻，忽然得到结论：呵，他是想到将来二人一起生活，他可以入厨侍奉她。

胡球感动，双眼通红。

“你呢，你来学习，也为着——”

胡球拼命点头。

“呵，可爱的胡球。”

彼此都为对方着想，已经明白关爱本义。

他们紧紧拥抱。

两人结伴上课，乐趣无穷。

悠悠我心

肆·

胡球抬眼看蓝天白云，心想人也要这样才好：事过境迁，一点痕迹也无。

过些时候，胡球在家卖弄手艺，做一锅白汁烤鸡腿，弄得厨房又脏又乱，颜女士一尝，净得芝士味，鸡肉还算嫩，照样赞不绝口。

邓律师说："看上去很有诚意成家。"

"那就好。"

两个中年女子互相申诉生活空洞沉闷。

"也幸亏如此，太多事发生，实在吃不消。"

"那边怎么了？"

邓律师答："胡氏的代表掌握到确实证据，他已与卞女士脱离一切关系，再无轕轇，他此刻孑然一人。"

"整件事是一个七千万元骗局。"

"老千口中的天仙局之一，有人叫作五鬼搬运。"

“一个人怎么会愚昧成那样？”

“可有想过，关于他出来后你的处境？”

颜女士不出声。

“届时他一无所有，怕又会想到你。”

“嘘，小心胡球听到。”

“也罢，届时再算。”

“反正我永远处于被动状态。”

“胡氏要求你们母女探访。”

“不必了。”

在房口部学习之后，胡球开始整理宿舍及家中寝室：对角折被、抹尘、打扫，排列书本，不穿衣物收好、标签，井井有条。

母亲与保姆啧啧称奇。

“判若两人。”

“这才叫人惆怅。”

颜女士仍没有把小男生叫来一见的意思。

一个晚上，雷电交加，轰轰声不绝，电光霍霍，真像探照灯般搜索罪人霹雳，胡球站露台看风景，豆大雨点叫空气一下子冷却。

母亲在天文馆当更，胡球本想与直子通信，这一阵子两人比较少交换意见。直子在本市其实没有亲人，亦不会故意回来，迟早要生分的吧，胡球这样想。

第二早太阳若无其事升起，照样鸟语花香。胡球抬眼看蓝天白云，心想人也要这样才好：事过境迁，一点痕迹也无。

颜女士正在吃早餐，才想开口问女儿是否续租宿舍，门铃骤响。

邓永超穿着凉鞋披头散发衣冠不整那样啪啪走进。

她拿起桌上热茶猛喝几口，坐下喘气。

她身上还披着毛巾浴袍。

可见又有大事发生，她急着报信，连梳洗整妆都不顾了。

母女怔怔看她，一声不响。

胡球此刻想到昨晚的雷雨。

邓永超缓过气，顿足、叹息。

胡球屏息等她开口。

明敏的她已知消息关于什么人。

果然，邓律师压低声音说："胡子杰昨晚在狱中因心脏停顿死亡。”

胡球耳朵嗡嗡作响。

果然是他。胡球整个成长期为他不正当行为备受困扰，人生最愉快的岁月遭到彻底破坏，不胜其扰。

但最终听到这个消息，心里却如掏空一般，一下子全身血液似在脚底流走，胡球看到金星乱舞。

小时候怎样学骑粉红色三轮车，“爸爸，爸爸，扶住我”，大声叫笑，“爸爸，教我算术”“爸爸，陪我看《美女与野兽》动画”“爸爸——”

多年没叫这个人，忽然噩耗传来，这人已不在世上。

呵，他再也不会缠扰这一对不幸母女。这人抛弃她们后还不甘心她们可以好好活着还得回头踢打，但此刻该人已经离开这个世界。

胡球缓缓吸进一口气。

这时电话铃响起，母女都无心接听。

邓永超取过电话：“颜宅，是，呵，向先生，你想与她们说几句，好好，十分钟后见，是，我会在场。”

邓永超放下电话：“向先生会有比较详细的数据。”

这时，颜启真女士忽然做了一件奇怪的事，她站起取过外套手袋：“你们慢慢谈，我失陪，忽然想起天文馆有事。”

她一径走出家门。

啊，哀莫大于心死。

室内其余两人并没有阻止她离去。

胡球忽然问邓律师：“我可否回学校？”

胡球没那么幸运，邓律师说：“你给我坐下。”

胡球左手搓麻痹的右手，但左手也发麻，何止双臂，头皮脸颊全像没有知觉。

但不知怎的，她嘴角不自觉弯弯朝上，露出一丝凄然笑意。

多没有心肝，真是世上最凉薄的少女，叫人齿冷。

但邓律师知道，事出有因，旁人最好不要置评。胡球这几年受的罪，以及身上永恒烙印，都得她一个人独背。

向明到了，一早已穿着整齐西服，身上一股药水肥皂清新味道。他一进门便说：“呵，胡球。”轻轻拥抱事主。

胡球在他怀中多逗留了两秒，然后招呼他坐。

多月不见，向明与记忆中一般神清气朗。

“令堂与邓律师呢？”

“家母出去了，邓阿姨在房内更衣。”

“你已知悉消息？”

胡球点头。

“清晨新闻未曾播放之前，我想告诉你，胡氏昨夜忽与同室争吵打斗，对方挥拳击中他头脸及前胸。他爬上床休息，今晨召集时发觉他已无生命迹象。法医说，心脏忽然停顿，死亡时间在昨夜十一时左右。”

邓律师已换上胡球的运动服出来。

“是意外还是自然？”

“待法医裁定，不过首要是胡球去辨人。”

“向先生无须特地走这一趟。”

“我与胡球是好朋友。”

胡球一直没作声。

女佣除递茶外也静静站一边恻然。

向明伸出大手：“胡球，我陪你去。”

胡球看向邓永超，她点点头。

他们一左一右伴着胡球出发。

才走到停车场，看到一个年轻人气急败坏奔近：“球，我看到新闻报告——”

两个大人一看就知道是胡球的小男友，还有谁会如此仆心仆命。

邓永超说：“你也一起吧。”

四人上车，途中一言不发。

世上竟有如此腌臜可怖的事。

经过重重关卡，他们随服务员进入一间小房间。

墙上有一扇窗户，用百叶帘遮着，“请认清楚。”帘子扯开，隔着玻璃窗，胡球看到一个人躺在床上。

胡球看仔细，她不认得这个人，这个人脸色灰败头发稀疏，脸皮往左右挂搭，但是她听见自己说：“是。”帘子又唰一声拉拢。

因有向明及邓律师，手续顺利办妥。

声音颤抖的是小青年庄生，他想安慰胡球数句，但一开口：“球……球……”只得噤声。

回到阳光街上，庄生才觉得身上有点暖意。

邓永超说：“球，你此刻最好去上课。”

听上去像是没心肝，其实没有第二条路可走。

向明也点点头。

“庄生，拜托你，我会去办事。”

邓律师还穿着拖鞋，也真难为她。

车子回到校园，胡球忽然表示想先回宿舍淋浴。

庄生要陪她。她叫他先回课室抄笔记。

胡球用极烫的水足足淋了三十分钟，浑身皮肤发红。

更衣下楼，发觉庄生坐在楼梯等她。一见她便指着她双腿，胡球低头一看，发觉穿上鞋袜，却忘穿长裤。

连忙上楼套上运动裤，再出门，又忘记穿鞋。

庄生替她找到书包，挂在她肩上，替她梳理湿发，别一个发夹，才挽她出门。

胡球握着庄生的手，一步步小心翼翼走，只需走错一步，万劫不复。

回到课室，其他同学正小憩喝咖啡，庄生取过一杯给胡球，同学“喂喂”，庄生在他耳畔说两句，同学实时噤声。

那一堂课，胡球坐在窗前动也不动，像只被小主人丢弃的瓷娃娃，庄生用铅笔替她画像，同学纷纷照做。

下课时整叠素描交到庄生手中。

大家都留意到，胡球嘴角有一丝奇异笑意。

庄生把素描画整理好，放入册子，替胡球带回宿舍。

他看到一个清癯的中年女子在门口等他们。

她先与他们招呼：“你一定是胡球的朋友庄生，我是球妈，你叫我阿姨便可。”

神色自若，叫庄生佩服。

她随他们进宿舍房间，放下一锅粥，低声与女儿讲几句，便告辞离去。

庄生送她下楼，她也没讲什么，只是拍拍他肩膀。

终于见到阿姨，却是在这种不愉快场合。

他回到房间，舀出白粥，发觉胡球又在淋浴。

“球，过失不在你，出来。”

她打开浴室门，庄生吓一跳，呵，美丽少女裸体，萌芽似胸脯，整个人皮肤粉红色。他连忙用浴袍裹住她，真想多看一眼，但他不是那种乘人之危的男子。也许，隔十年八载，回想今日之事，会有一丝悔意，但他知道要尊重他钟爱的人。

这时呆呆的胡球忽然这样说：“自此，我是孤儿了。”

胡球累极入睡。

庄生一直坐在她身边读功课，把那锅粥吃得七七八八。

晚上，胡球醒转，庄生对她说："阿姨着我送你回家，她不放心你一人在此。"

胡球心中不愿，却无抗辩能力。

就在这时，听到走廊有人高声询问："胡球几号房，说，胡——球——"

声音好不熟悉，胡球凝神，忽然走去拉开房门："直子，直子！"

一个人扑近，紧紧抱住："胡球，你这可怜的灵魂。"

庄生发呆，只见一个棕红长发东方女子把胡球拥怀内，而胡球到这时才放声大哭。

这女子是什么人，若不是她，胡球不知要憋到几时。

那女子用大毛巾蒙住胡球的头："哭个痛快，哭是好事，泄一泄胸中乌气，眼泪可以排毒，你哭好了。阿谁，关上门，喂，你们看什么，没见过人哭？"

庄生关上门，看着这个外形像东洋动漫主角般的女子发呆。

她一手围着饮泣的胡球，伸出另一手："我是土井直子，胡球好友。"

不错，是她赶回来了。

“胡球，你看，爱你的人全在身边，算是这样了。阿谁，倒杯水来。”

庄生啼笑皆非，也不分辩，递上一杯水。

“阿姨叫你回家，我送你。”

庄生连忙跟着一起走。

胡球已哭得整张脸肿起。

直子对庄生说：“这里交给我，你可以回去。”

庄生拒绝：“我陪胡球。”

直子只得由他跟着。

这时的土井直子比从前强壮许多，指挥整个场面，一下子上车把胡球送返家里。

她这样对胡球说：“回到家，好止哭了，莫叫阿姨难堪，你这种伤痛，可以理解，但不宜持久。”竟这样理智残忍。

胡球点点头。

直子取过毛巾一角，用瓶装水湿一湿，替她抹干净面孔，胡球哭得一团糟，一张脸看上去似十岁八岁。

女佣来开门，不胜欢喜：“直子小姐回来了，这是——”

直子说：“阿谁，保姆是屋内唯一不可得罪的人，你自己小心言行。”

女佣连忙说：“谁先生，你别听直子小姐说笑，我去做饮料。”

颜女士却不在家。她逃避，躲往办公室。

直子一边替胡球整理衣裳一边说：“由向先生把我召回，他是我师父，又是前上司，况且你家即我家，有事，我当然即刻赶返。我没有租地方住，打扰你们了，只是这个家比从前小大半，只得与你挤一房。”她说一大堆话，恐怕也因心情紧张，“胡球，”压低声音，“你仔细想想，就知道这已是最佳结局，假设只可在两种邪恶中选其一，老天已经帮上大忙。”她喂胡球喝水。

庄生靠在门边，听过这番话，五体投地。

“我就没那么幸运，”声音忽然嘶哑，“那人已经放出，并且递解出境，但即使在北美洲，我看到似是熟悉面孔，也会吓得发抖，匆匆避到另外一条马路……险遇车祸。”

在直子细心劝慰下，胡球闭上双眼。

不一会儿颜女士回来，三人在外边吃晚饭，只闻轻轻叮叮碗筷声，不听得有人说话。

在自己家里，胡球终于入睡。

她没有做梦，噩梦不会在心有准备的时候出现，要待过些时日，自以为痊愈，防不胜防之际，才会悠悠钻出，不然怎么配叫噩梦。

不一会儿醒转，发觉直子睡在床边地上一只睡袋里。

胡球有歉意，直子八千里路赶回，睡地上，这可不是待客之道。

胡球上浴室，到客厅一看，原来庄生没有走，他睡在沙发上，手长脚长，全挂在地上。

胡球忽然感动，直子说得对，关心她的人全在身边，还想怎样。

她走近握住庄生手轻抚，奈何他累极入睡，醒不转，嘴里“啊啊”，又再昏睡。

她坐在他身边，直到天蒙蒙亮。

唉，太阳仍然如常升起。

女佣先起来打点，同胡球说：“球球你先去梳洗。”这里只得两间浴室。

直子也出来：“我身上也有股味道。”

这时，她看到庄生身上被褥要紧部位底下有什么蠕动，她哇哈笑出，扯开被褥，钻出小狗哈哈，这小犬趁乱，钻进被子享受温暖。

直子欢喜：“你是谁？从前没见过你。”

小狗不去理睬，转身跑开，直子不放过它，追了上去。

庄生伸过懒腰，他不好意思地说：“借用卫生间。”

女佣说：“谁先生，我替你备了一套衣裤，你若不介意——”

“谢谢你。”

庄生把手臂搭在胡球肩上，胡球闻到男子强烈汗息，忽然觉得安全。

颜女士已经打扮整齐预备出门：“我往向先生办公室，胡球，直子陪你随后也去一趟，他约你十时整。”

胡球点头。

她双眼比昨日更肿。

“女儿过来。”

胡球走近。

球妈拥抱胡球，吁出一口气，开门离去。

直子与胡球匆匆梳洗。

直子语气如大姐：“阿谁，你无须旷课，胡球有我陪着，你上来吃晚饭也就是了。”

庄生看着胡球，胡球点点头，他吻她额角一下，才回学校。

小狗哈哈忽然自沙发底钻出，走到胡球脚下靠着不动，像是说：我知，我知，你的事我十分同情。

胡球揉它脖子，这是她第一次与它亲近。

直子说：“这小狗有趣。”

路上交通似特别繁忙，车龙接人龙，直子心急，出一身汗，她说：“这个城市真叫人迷惑。”

离开年余，她有点不惯。

到达向明办公室，颜女士已经离去，看情况，她故意不与女儿一起。

直子说：“我在外头等你。”

胡球独自走入办公室，向明新搬工作室比上次更加宽敞，自然光柔和，相当舒适，向明一见她立刻站起，与她到角落坐下。

少女哭肿面孔十分惹人怜爱，自幼秀美的胡球今日分外楚楚动人，向明咳嗽一声定神。

“胡球，两件事，你要下决定，令堂已表态，她与胡氏只是姻亲，如今一丝关联也无，她拒作任何建议，胡球，看你的意思了。”

“明白。”

“法医验明，胡氏胸膛受大力突击停止跳动，同室囚犯承认殴打，你可要采取法律行动？”

胡球答：“不。”

她只想尽快结束这件事。

“法医又说，如果拯救及时，胡氏或有生存机会，你可要惩教处负责？”

胡球又答：“不。”

秘书在旁一一记录。

“第二件事——”

胡球已知是何事：“请有关政府部门代为办理。”

向明意外：“邓永超律师可以全权代表负责。”

“家母与我都不会出席任何仪式。”

胡球站起告辞。

向明吁一口气：“胡球，希望下次见面比较愉快。”

“向先生，多谢你关怀及帮忙。”

“举手之劳，不足挂齿。”

胡球精神此时略为松弛，低声说："没齿不忘。"

向明看着胡球，忽然问："像你这样聪明，是否一种负累？"

胡球一时回答不过来，脱口反问："像你那么能干呢？"

外边直子正与旧同事说笑。

向明轻轻说："去外国之后，直子外形仿佛变了不少。"

胡球当然不出声。

她同事们说："直子，回来吧，与向先生说一句即可。"

另一个说："或许，那边有人等她。"

直子答："谁会等谁。"

语气有点惆怅，大家颇觉扫兴。

稍后直子与胡球一起离去。

胡球轻声问："你会回来工作否？"

"免了，好马不吃回头草，且已损失年资。"

胡球问："那边没人等你？"

"有许多人等，但没有特别的人等。"

胡球吃惊："还没找到？"

直子见她愿意说话，倒也高兴："你呢，那个阿谁，是小男朋友吗，好似很专注的样子？"

胡球说：“我们没有工作，暂时都靠家里，欠缺收入，不能独立，说什么也无用。”

“可借肩膀一用，足够幸运。”

“我也那样想。”

直子问：“向先生都同你讲清楚了吧？”

胡球点头。

“你都明白回答？”

胡球又点头。

到了那日，礼堂只有邓永超与直子两人。

邓永超黯然：“将来我结局也如此。”

“我刚想，是我才真。”

“我早已吩咐下去：不设任何仪式、不公布消息。”

“我很高兴她们母女放得下。”

“我也是。”

“不知阁下是否听过这个故事：一个孤独老人辞世，同律师说：谁进小教堂致意，谁就得到他的遗产，结果那天下雨，一个年轻女子避雨无意走入教堂，她得到巨额遗产。”

“一个人离开这世界，倘若无人觉得惋惜怀念，那也真是失败，倘若还有人松气称幸，那真可叹。”

“他不会知道。”

“怎么不知。”

这时工作人员过来表示时间已到。

她俩握手道别。

这段时间胡球在干什么？她在学校泳池游泳。

穿着黑色保守有袖子裤管潜水衣一直游了十个塘，标准蝶式，箭一般来回，池边自有人欣赏。每次自水中跃出，胡球都觉得重担已去，从此可以轻松做回自己。

也许她是太天真了。

接着一段日子，胡球找庄生，老是找不到，他旷课。

电话不通，或是轧轧声不够电。

胡球是个聪明人，但到底年轻，经验不足，她拨庄家号码。

一个女子来听电话，胡球道出姓名，那人身边似还有别人，她这样低声告诉对方：“找上门来。”“谁？”“那死囚之女。”“说不在，快。”

这个时候，傻子也知道自己是个不受欢迎的人物，胡球吃惊之余，立刻切断电话。

碰巧这时保姆出来收拾地方，看到胡球呆呆的，便劝说：“乌云已去，雨过天晴。”

胡球转过身子笑笑：“是。”

但她身上已有烙印，怎么擦也去不掉，一生一世是死囚之女，这是个事实。

她整理书包上课。

仍然不见庄生，一个同学忽然趋近胡球，在她耳边悄悄说几句话。

胡球听罢，只是点点头。

前几天还那样殷勤，此刻就退缩了，直子没叫错他，可不就是一个阿谁。

那天她回家，看到直子收拾衣物预备回转。

胡球抱住，不舍得她走。

“那阿谁先生呢？”

胡球冷静说出因由。

直子跌坐，气得说不出话：“失踪？藤上传来消息，说他转学去澳洲[1]昆士兰大学？”

[1] 澳洲：澳大利亚。

胡球点头。

“荒谬，这也好算男人，有手有脚有——为什么不亲口交代一声！”

胡球轻轻说：“时穷节乃见。”

“随他去，我们有的是选择。”

胡球为着要直子放心，只得说：“我也这样想。”

“球，跟我往北美读书，我替你洗衣煮饭。”

“我胸无大志，不想离乡别井，夜半醒转，不知身在何处，会得惊惶。还有白天上街，不见熟悉地标，何等害怕，留学生与移民，都是最勇敢的人。”

“呵，胡球。”

“直子，海阔天空属于你，佩服之至。”

直子在凌晨离去，胡球抱怨：“贼一样，悄悄来，黑夜走。”

向明站一边微笑，他手中仍握着红色橡皮球纾减压力。

送走直子，向明直接返办公室，顺带送胡球。

胡球下车之际，把头轻轻靠往向明肩膀，贴一下，奔进校园。

向明为少女这个小动作怔半晌，看看左肩，温馨犹在。慢着，有一条头发，不是细看还真找不着，向明小心取起，夹在记事簿内。

那天胡球照常上课，研究二次大战之前，柏林犹太裔画商用的真假标志，正用放大镜细细探视，同学拍一下她肩膀，在她耳边说一句话。

胡球放下仪器，转头，看到庄生站门边，咦，阿谁怎么来了，他不是去了昆士兰，他还有什么话要说？

她走近：“找我？”

“胡球——”他鼻端发红。

“我以为你已去了澳洲。”

“我来同你说一声——”

“一帆风顺，万事如意，男儿志在四方。”

“球，我——”

“你亲身道别，我很舒心。”

“球——”

胡球说：“再见。”

少年也觉得再也无话可说，少女如此大方，不予计较，叫他好过不少。

“再见。”他转身离去。

同学却不服气，走近问："就那样？"

胡球想一想："夫复何言。"

"胡球你真豁达。"

她失去的何止阿谁。

"庄生学得一手好烹饪技术，来日不知便宜了谁。"

胡球不再置评。

她只记得庄生好处：在她最难过时刻，他扶过她一把。

真是，才十六岁多些，就遭人丢弃。

每天放学，仍觉得庄生都仿佛来接，站在门口，笑嘻嘻看着她。

他当然只得听家里的话。

衣食住行学费零用全靠父母，偏偏有自己主张，那是讲不通的事。

他要是决意离家出走，胡球也没理由跟着他，她有她的人生目标，那不是学做朱丽叶或是奥菲莉亚[1]。

昆士兰，胡球终于打开地图找到那个地方。

暑假，胡球去信诸画廊自荐做练习生。

---

[1] 奥菲莉亚：奥菲丽娅，Ophelia，著名悲剧《哈姆雷特》中的角色之一。

人家客气得不得了，一一婉辞。

她又去信各家拍卖行，再全体吃白果[1]。

球妈笑："接触到真实世界了。"

"都嫌我没有经验，如没人给我第一次机会，一生也不会有工作经验。"气馁。

同直子说："急于找工作，想知道赚钱滋味。"

"那不是好味道。"

"好歹要尝试。"

"你会吃惊，受薪者似奴隶一般。"

"不用清洁厕所吧。"

"比这更脏腻的差事都有。"

"你不会夸大其词吧。"

"'直子，这是洗衣店单子，去替我取西服回来''小女不会背算术乘数表，一会儿她来，你帮她补习一下''蓝山咖啡喝光，明早带一罐''订花束送往山顶酒店给某小姐'……"

"哗。"

[1] 吃白果：食白果，广东话。空缺、白忙一场，扑个空之类的意思。

“还有，‘桌上杯子收一收’‘帮我穿上大衣’‘这条领带换一个颜色’——”

“你说的是谁，是向先生？”

“他？他看也不看女职员，他有人格，他的座右铭：兔子不吃窝边草，一与女同事有所暧昧，不好合作。”

“他现今女友是什么人？”

“我早已离职，我不清楚。”

“直子，你一定知道。”

“好像是一个建筑师，拍的照片很有韵味。”

“女子为什么都骗他？”

“我怎么知道。”

直子再也不愿说什么，再聊几句，胡球气消大半。

过两天，球妈说：“向先生着助手来电，他办公室有见习生空位，你如有兴趣，可上网应征。”

呵，定是直子在背后帮一把。

胡球考虑一下，决定一试。

填妥表格，传过去，三天之后，着她面试。

见她的是一个年轻人，神气活现，名贵西服，皮鞋锃亮，但胡球知道他不过是个小主管，说不定从未见过向明君。

他与胡球解释见习生工作范围："首先，断不可迟到早退，每个职员都是重要环节，每日午饭时间是三十分钟，你先坐门口接待处，查看预约表，有客人来访，通知该部门，玛莉会教你程序……"

什么，做这些？

想起直子说的"你不会喜欢受薪世界"，只得一味唯诺。

心中未免感慨，这样走法，几时才到山上，怪不得许多人要走快捷方式。

玛莉不比胡球大几岁，笑容甜蜜，把简单工作程序说一遍，见新人态度专注，用心记录，不由得好感，叮嘱说："每天中午最好带三明治""上卫生间要快捷""不可多话"……

原来直子所说，每一句都是真的，甚至更坏。

西服男子对她说："下星期一上班代玛莉。"

胡球刚要走，他却说："这里有一叠文件需要影印，你做一做，影印房在走廊右手边。"

"明白。"

胡球走进影印房，找到适用机器，照着指示，放进纸张，开始影印订装程序。

向先生呢，怎么不见他？

上工整个星期，都不见向明，也看不到他出入，稍后才知道，另外有个出入口，直接由停车上落。

套句俗语，这是一份毫无启发性的见习工作。

胡球连写字台都没有，她的外套、手袋、计算机板都放在一格储物柜内。

每星期调一个位置，有时是布置会议室，安排茶点，清洁桌椅，进出每一处地方，都有一枚通行证，胡球全挂胸前。

她有时点算文具，记录数量，储物室也是重地。

有几天做收发，同速递员说："法律署文件非同小可，定要准时。"给他一颗巧克力鼓励。

胡球，或大部分少年做事都比较认真，不计得失，一本正经地做。

一个月不到，工作人员都知道："今日开会人多，叫胡球记录茶点，她不会弄错""问胡球该份文件放何处她会知道""通知胡球，今日红十字会来做捐血运动"……

杂务找胡球。

胡球啼笑皆非，真没想到做得如此出色，她可是一个美术学生呀，大材小用。

但是自环境之中，她学习良多，每天八小时，她置身一个小宇宙，各色人等，光怪陆离，无奇不有。

远看，都是衣冠楚楚知识男女，但是电梯、卫生间、出入地方，全分长幼高低，每人佩戴身份证明牌，许多地方不得入内，倒是胡球，因做杂务，无处勿届，职员时时托她把文件送到这里那里。

众生相最精彩，偌大办公室有一条窄窄走廊，两边墙上满满放着书籍文稿，只够一个人通过，若两个人狭路相逢，或冤家路窄，只得侧身小心而过，且不免肩膀摩擦。

玛莉一次见到清洁阿婶在走廊收拾，连忙站一边，待她完工，才匆匆经过，仿佛阿婶是伊波拉[1]传播者。

又有一次，遇着一般男同事，她咕咕笑，硬闯，要别人退后让她。

还不止，再一次碰中年上司，她与他肩碰肩，还仰起头，说声对不起，那中年汉子也眉开眼笑：“真得拆掉这

[1] 伊波拉：埃博拉病毒，Ebola virus，又译作伊波拉病毒。是一种十分罕见的病毒。

些书架子。”

不同身份，不同待遇。

胡球一一看在眼内。

她把这些奇观告诉直子。

直子反问：“你会怎么做？”

“拆去书架，现在还要书何用，有问题，问搜索引擎，大英百科全书亦已停刊。”

直子不去问答：“见到向先生无？”

“没有，他很神秘。”

也就是走廊两边书架生事，它不胜负荷，塌了一角，那些厚重硬皮册子落下，击中一个路人，那人是向明。

办公室立刻骚动：“向先生！”“不好，是向先生。”“快找医生。”“血！”

胡球听见，连忙到储物室找到急救箱，可是她离得远被诸级同事挤开，只看到向明缓缓站起，左手掩着额角，果然有血，但看得出只是皮外伤。

向明扬扬手：“不用慌张。”抬头，忽然看到一张雪白熟悉小面孔，他招手，“胡球，把急救箱给我。”

众人意外，一齐让路给胡球。

向明说：“请返回工作岗位。”

他示意胡球进他办公室，他的好几个助手秘书仍然紧跟。

向明坐下，放开手：“怎么样？”

助手紧张：“还是看医生的好。”

向明取出手帕，蘸清水，递给胡球。

胡球一声不响，轻轻抹拭，向明觉痛，缩一下，胡球按住他额角。

众随从面面相觑，这素脸小女孩是什么人，竟如此大胆。

胡球看真，不碍事，书角撞破表皮而已，她抹上消毒药膏，贴上橡皮胶布，携同急救药轻轻退出。

从头到尾，不发一言。

一到外边，实时有人围上。

“你认识向先生？”“他伤势不碍事？”“你与向先生何种关系”……

胡球捧着一大沓文件：“对不起我要影印，赶时间”“我们帮你——”

小主管出来瞪眼，众人才散开。

走廊两边书架终于被拆除。

直子知道后笑不可抑。

胡球说：“他的头发十分柔软，稍微鬈曲，两鬓略白。”

“他有四十岁了。”

“双眉又长又浓。”

“他的确英俊。”

“贴上那块胶布之后，同事们对我另眼相看。”

“胡球你可看到世态炎凉了？”

“的确叫人心冷！”

“可有看到合适男生？”

“我没有抬头观望。”

“你好似一直穿着深色西服长裤与白衬衫，为何不换彩色？”

“整洁就好。”

“胡球你下意识还在惩罚自身。”

一日晚下班，回家一进门，看到向明坐在客厅与颜女士说话，胡球一双眼睛亮起，呵，意外之喜。

向明也笑：“工作还习惯吗，可有叫你代客停车，或是调制咖啡？”

胡球咧开嘴笑，原来他都知道。

她站到长辈身边。

“收到薪水没有？”

胡球吁出一口气，此刻才知道什么叫作血汗钱。

她走近探视向明额角，然后替他换膏布。

伤口已经愈合，小小一个痂。

自高处看下，可见向明敞开衬衫领口下胸膛，可有茸茸汗毛？胡球涨红面孔，一般只有可憎猥琐男子下作地偷窥女子领口，没想到今日是她。

呵，胡球你是怎么了，她脸红。

向明坐一会儿告辞。

桌上放着一大盆栀子花及茶果糕点。

“向先生真客气。”

胡球回到房内，忽然觉得燥热，脱去衣裳，只剩内衣裤，关上门，与直子视像聊天。

颜女士敲门：“水果。”推开门，见胡球穿得凉快，一怔，“阿球，君子慎独。”

胡球连忙披上 T 恤。

“没开计算机上摄影机吧？”

“放心，那只是直子。”

“计算机荧屏[1]已变成你们社交工具，据说这一世纪年轻人已减少看戏吃茶共餐。”

“世界经济不景气，省些钱。”

“一些家长放心，到底少见小阿飞上门是好事。另一些家长却更加担心：都不知那边是些什么人，而这世上，确有恶魔。”

胡球见母亲如此紧张，恶作剧接上去：“是，最近垃圾箱又发现少女碎尸，抓到疑凶，警方第一个问题是‘头颅在何处’。”

颜女士气结：“不与你说。”

胡球被调到秘书室上班。

头一天便有人问胡球：“阿球你过来读一读这一行英文，我看不清陈先生写什么。”

胡球一看是机密文件：“我不便读，你去问这草稿主人。”

“问这问那像白痴，不开除也调走，帮帮忙，没上文下理单字不要紧。”

[1] 荧屏：屏幕。

胡球勉为其难，辨认到是“阁下提供证人在厄瓜多尔[1]实时引渡……”

“谢谢你，胡球。”

“阿球，午餐替我叫一客印度尼西亚咖喱饭。”

没叫她熨衣裳剥橘子已经很好。

真没想到转瞬已发了好几次薪水。

忽然之间手头多了零用，胡球给保姆红包，她双眼发红：“球球出身了，你自己够用否？”真是老实人。

胡球对哈哈说：“你也有烟肉味饼干。”

一日，保姆垂头丧气。

“怎么了？”

“哈哈走路前腿不正常拐动，带它看医生，兽医说，它已十二岁，不宜惊动它，这些日子，它随便吃什么不拘，冰激凌蛋糕也不怕，让它颐养天年。”

胡球瞪大眼：“什么，哈哈已是百岁老狗，这邓律师骗得我们好苦，我一直以为它只有三五岁。”

“医生还说哈哈身上有芯片，它原是一只医学实验

---

[1] 厄瓜多尔：全称厄瓜多尔共和国（西班牙语：República del Ecuador），南美洲国家联盟的成员国之一。

犬，没有主人，年长被放出到动物庇护所，难怪它一直躲着人。”

胡球似腰间中箭。

“哈哈，过来。”

哈哈只在沙发后张望一下，躲往别处。

胡球双眼鼻子红起。

这时颜女士回来，胡球强颜欢笑，敬茶给母亲。

颜女士坐在光亮处，这样说：“最近家里宁静无事，真叫人舒服。”

胡球趋近，看着母亲，笑意忽然凝固：“妈妈为何提早下班？”

“近日只觉得疲倦，回来补一觉。”

胡球趋近：“可有热度？”

“稍微一点。”

“多久了？”

“三五天吧，我猜不要紧。”

“妈妈你眼白发黄，我立即陪你看医生。”

“球，别紧张。”

“小便可像黄褐色？母亲大人，这怕是肝炎！”

陪着母亲往医务所，果然，诊断是急性肝炎，吃过不洁食物，实时治疗，可保无碍，但在家所有餐具需要隔离煮沸。

回到家，球妈嘱女儿暂时往宿舍居住。

保姆坚持留下照顾。

颜女士相当乐观：“才说家中无事宁静，不知哪个邪恶神灵听到妒忌，立即捣乱。”

下班时分，向明秘书出来找到胡球：“你等等，向先生有话说，请你到一号电梯口等。”

向明比她早到，转过身来：“令堂可是不适？”

胡球点点头。

“可要住院？”

“在家休养。”

“听说你住宿舍。”

向明什么都知道。“是直子知会你的吧。”胡球只告知过直子一人。

“可需要帮忙？”

“些少病痛，可以应付。”

向明看着胡球，少女仿佛又长高一点，站他身边，已到耳畔，皮子雪白，乌黑云鬓，电梯位窄，他似隐约闻到淡香。

他轻轻说："相请不如偶遇，可否请你喝杯午茶？"

胡球听了心花怒放，她也喜欢即兴聚会，不必紧张穿什么说什么："好呀。"

向明如释重负，请胡球到一间会所吃英式下午茶。

玻璃碟子端上，小小块甜点与三文治[1]，向明不出声，看着胡球先挑什么。

胡球老实不客气，一手一块，先取缀有奶油的蛋糕一口一件，双颊吃得鼓鼓，像小仓鼠，可爱到不行；不知怎的，向明有点心酸，年轻真好，可是他也年轻过，当时却不觉得有何便利。

自有固定工作之后胃口好许多，胡球吃得起劲。猛一抬头，看到向明正朝她，嘴角笑起来这样好看。他的牙齿不是最齐最白，嘴唇不如胡球小男友丰满，但因不常笑，盎然笑意特别可贵。

---

[1] 三文治：三明治，过英文单词sandwich的音译，一种典型的西方食品，以两片面包夹几片肉和奶酪、各种调料制作而成，吃法简便，广泛流行于西方各国。

胡球也笑，讪讪大口喝茶。

今日她特别高兴。

两人并不说话，胡球双颊红粉绯绯，忽然之间，向明的耳朵也烧着。

胡球心中想什么？她忖：这才是男人，其余的，只是孩子。男人有自主权，果断、智慧，遇事不必征询父兄叔伯意见，或是得到姨妈姑爹许可，他就是他自身的前途与主人。

胡球为他成熟气息陶醉。

她每隔一会儿看看他，发觉他也正看她，两人避开对方目光，稍后她又忍不住把视线转到他脸上，他亦刚好看那莹白小脸。

向明尴尬，胡球却呵呵笑出声。

呵，他许久许久没有这样开心。

但这一切情形，却落在第三对眼睛里。

她是向明此刻密友，一个高大漂亮三十多岁的女子，她正好也在会所打网球，听接待员说“向先生在茶厅”，便穿着运动衣上来。

她在大门口便看到这番情景。

这叫作眉目传情。

两人之间的情意如胶似漆，看来绝不止一朝一夕。

女子吃惊，手心冰冷。

女方是什么人，鬓角毛毛，衣着朴素，恐怕只得十多岁，啊，那张面孔，像清晨初开的栀子花，他俩为什么笑，怎么不说话光是笑？

他们坐在这里已有多久，看上去整个世界只剩他们二人，别人全不存在。

女子随即心酸，向明从来不曾如此笑吟吟对她。见到他时，他不拘小节，实时宽衣解带，“替我揉揉肩膀，累极了”，大家成年人，不必伪饰。

此刻向明笑意居然腼腆，像年轻十年八载，少年初会女友那般。

呵，他深爱这名小女孩。

女子低头，不用管这是谁，这是她退出的时候了。

聪明人要识得进退，莫叫人讨厌。

拿过好牌已经足够，要知道什么时候离开牌桌。

女子脸色灰败，抬起头，黯然呼出一口气，转头静静离去。

那边，向明看到碟子里糕点果子已全清，不由得轻轻说：“世事难测，先吃甜品。”

胡球答：“我也这样想。”

“时间不早，我送你回宿舍。”

胡球把手臂套在他臂弯，向明半身麻痹，连忙轻轻摆脱，这样说：“明年暑假，到我处做办公室助理。”

胡球一怔：“那此刻我做的是什么？”

向明坦白：“杂役，最底层做起。”

胡球笑得蹲下。

他送她到学校，胡球一路与他介绍设施，宿舍入口围栏上挂着大蓬紫藤，呎余长花串异香扑鼻，由农科同学悉心打理。

三文治店门口永远有学生排队，有人踏滑板轨轨声经过。

向明微笑，他还记得这些日子，那时的他，不是挂住功课分数就是哪个女生愿意。

“就这层楼二楼，可要上来坐一会儿？”

向明巴不得小胡球如此问，又很怕她这样问。

他说：“五分钟。”

门一打开，就闻到宿舍房间应有的暧昧气息，那是因为学生们懒于洗涤衣物被褥。

向明只觉胡球房间的气味特别好闻，叫他失神片刻。

“地方狭小，坐这里。”胡球拨开床角书本衣物。

向明哪里还敢坐：“我这就走了。”

“明天再来，”胡球说，“我们到学校泳池比赛。”

向明不知多久没游泳，但不知何处来的豪气，一口应允：“好，明日下午六时，我来找你。”

“不见不散。”

胡球送向明回停车场，这样你送我，我送你，不外是因为不舍得说再见。

刚好停车场有两名年轻男子挥拳争吵殴打，一个少女目瞪口呆站在车旁，一看就知道是怎么一回事。

胡球解说：“她与 A 君回来，碰巧遇着 B 君，两男便争了起来，这是一人踏俩船的必然结果。”

向明不由得笑。

围观人群渐多，两个大男孩鼻子流血，滚在地上撕打，胡球不慌不忙取出一管银笛，大力吹响，不消片刻便有警卫奔近。

向明拉着胡球走开。

“换你怎么做？”

向明想一想：“忍痛割爱，要争没意思。”

胡球问：“那你为何竞选检察部长？”

“工作归工作，感情管感情。”

送走向明，胡球回转宿舍，看到只剩一个男生坐在石级头青脸肿用手巾捂着血汗。

两男从前，像是好兄弟。

那女孩早已离去，你说值不值得。

胡球心肠好，找来急救箱，蹲到他身边，掰开他掩着脸的双手，看到他脸上伤处，不妨事，都是皮外伤，可是瘀青红肿，十分难看。

她替他敷伤，闻到一阵酒气。

“不用可怜我，走开。”

“你比不上敌人，他已洋洋洒洒离去。”

“才怪，他一边叫一边奔往急症室。”

“你俩争的女生才是最终的胜利失败者，她叫什么名字？”

“走开，走开。”

胡球生气，替他搽一脸紫色消毒药水，像大花脸，他雪雪呼痛，一直流泪。

那么多情，叫胡球好笑。

他这样诉苦："我活不下去了。"

胡球咄一声，鄙夷地斥责："亏你说出口，也不知羞耻，堂堂一个男子，哭哭啼啼，要生要死。大学最高建筑是钟楼，跃下必死无疑，我可以推你一把，但是，你爸妈呢，弟妹呢，他们以后的日子怎么过？"

他饮泣不已。

"去，回去睡一觉，酒醒后又是一条好汉。"

男生挣扎站起："你，你——"

胡球抢白："别唱戏了。"

男生拔直喉咙叫："你不知我凄凉。"

胡球实在忍不住："因为我比你更惨：家父是经济犯，死在牢里，家母患病，需要隔离，世上不止你一个吃苦，闭嘴！"

转头便走。

胡球手上染着若干血渍，回到宿舍，小心洗净，好人难做，幸亏她手上没有任何细微伤口，否则，极易感染。

接着，有同学找她聊天。

这一聊几乎天亮，稍微眠一下，又去上课。

胡球致电回家：“老妈如何？”

女佣回答：“刚睡着。”

“你自己小心，记住餐具分开，还有，哈哈可要送走？”

“哈哈陪着我们很好，我会小心。”

狗不会嫌主人是否患传染病，或是否有犯罪记录。

伍 ·

我不诉苦，
不代表我心中不苦。

过两日，有人在课室门口等胡球。

那男生对胡球微笑，胡球一时没把他认出，他脸上有淡淡蓝印，像倒翻墨水。且慢，这人是一对，那个哭泣男，噫，这么快雨过天晴，止住泪水，露出笑脸。

“我是祝佳，医科二年生。”

胡球奚落他：“呀，你活下来了，可以继续学习救人。”

“忙着要把蓝药水洗净，一时忘记失恋之苦。”

“你不是为着她，你是为着自尊受损。”

没想到这男生有一个好处，他全部招认：“是，都被你说中。”

他到冰激凌车买了两个香草球，给胡球一个：“我们到园子去坐一会儿。”

“我与你没有什么好说。”

却又觉得这个人有趣，阳光下的他还挺漂亮。

他们找到石凳坐下。

胡球教训他：“死了也是白死，你看，隔几天，什么事也没有。”

“她告了几天假，避开我俩。”

“可见一个也不喜欢，她也不好过，幸亏事件没有张扬。”

“你，你说的都是真事？”

胡球一怔：“我讲过什么？”

“你的家事。”

胡球感慨，一时情急，竟对陌生人诉苦，她有点后悔，低声说：“全部属实。”

“胡球，我至羞愧，我确是懦夫，你才勇敢，这些日子，想必遭到若干白眼。”

这男生聪明。“奇怪，几乎所有亲友嗖一声如变魔术般全体失踪，找也见不着，我无所谓，家母可寂寥至极。”

“有无真情朋友？”

“有，一、二、三，连家中忠诚管家，一共五人。”

“也算不幸中大幸。”

胡球也露出微笑："你讲得对。"缓缓把一球冰激凌吃光。

男生忽然说："我是第六名。"

啊，胡球警惕，祝佳这种年纪，生活费用当然还靠家长，学费加衣食住行，数目超过一般白领月薪，同胡球以前的小男朋友一样，不知多久才能自主，家长这样努力栽培，对他抱有极大期望……

胡球拍拍他肩膀："我不再结交新朋友。"

祝佳略为失望："先入为主，你仍觉我懦弱。"

"你太重感情。"

胡球为自己的粉饰大话而笑。

一边有人看着他俩。

向明来接胡球放学，一路找过来，看到年轻男女坐在石凳上说话，一怔，心底忽然发酸。

他经验老到，一看他俩坐姿，便知道只是同学没有亲密关系。但不知怎的，心里又慌又急，接着，嘲笑自己：好端端一个检察部长，手握重权，可依法起诉市内任何一人，今日，却为一个黄毛丫头紧张失措，如此不堪。

他镇定下来，没有惊动他俩，回到车上坐好，思量。

这种情况肯定还会发生，将来，胡球在职位上必然会碰到比较投契的男同事，如果他每次都惊疑不安，那真是有苦可吃。

他一向自诩文明大方，从来不为女性紧张，这次，因爱故生怖，他自我揶揄：向明，你也有这么一天。

镇定下来，他用手机联络胡球："在停车场等你呢。"

不到一会儿，胡球出来。

他看到她，心就定下，轻轻问："球妈还好否？"他拥有年资，胜过小男生多多，要有自信。

"有医生照顾着，应无大碍。"

向明别出心裁带胡球到一架路边餐车吃特大热狗，要排队轮候呢，这一餐起码两千加路里[1]，胡球担心说："医生允你这种吃法？"

热狗又香又辣，两层肉肠，四条烟肉，"吃死算了。"他笑说。

胡球不出声。

吃饱才问："你的征候，可有人歧视？"

---

[1] 加路里：卡路里（简称卡，缩写为cal），由英文Calorie音译而来。

“怎么个说法？”

“女伴可有惊吓？”

向明不禁好笑，原来问的是这个，他缓缓回答：“我不会直言，只是说做过手术。”

“手术后可做剧烈运动？”越问越离谱。

向明索性说：“我会警告：动也不能动，否则胸膛缝线裂开，内脏噼里啪啦落出，吓坏人。”

“啊。”

“胡球，我已是损坏物品，有时也为此嗟叹。”

胡球恻然。

他绝少自怜，今天是怎么了？

“请到舍下说话。”

胡球想一想才点头。

她听过直子说及男生千方百计把女友请上楼的故事，一般来说，直子如此报告：地方又小又脏，通常是旧阁楼，或是黑地库，仅够放一张床垫，什么都堆地上，脏衣服奇多，袜子又破又臭，四处空啤酒罐及快餐剩下盒子……还有什么情趣，直子说她会即刻告辞，有次差点遭到殴打。

胡球对向明有百分百信心。

他住在老式大厦顶楼，旧款电梯轧轧响，好不有趣。

打开门，地板光洁，一件脏衣服也无，这还是她第一次到男友的家，好奇四处张望。

只见没分客饭厅，一张庞大原木大台，足足十乘四呎，放在中央，这张大桌子由几块大木板拼成，做工自然，不加修饰，边缘一凹一凸像裙边，几张座椅式样完全不同：一条木长凳，一张明式太师椅，一张沙发安乐椅，还有旧得脱毛的丝绒圆凳，看情况全自旧货店寻回。

一抬头，却是一盏华丽水晶玻璃灯，璎珞一串串坠下，美不胜收，每个灯盏上有小小皇冠造型，不知自哪个没落皇宫除下，辗转到达本市检察部长的天花板。

胡球心一动。

这样用尽心思又恍如不经意的室内装修，恐怕是向明不知哪一位前任女友的杰作。

他喜欢美丽、成熟、有艺术天分的女子，演艺、设计、摄影……但胡球不过是一个糊混的小女生。

“在想什么？”

他给她一瓶矿泉水。

胡球细看桌上对象，两具手提电脑、笔与纸，许多文件、一盘水果，小小一束蓝色干枯毋忘我，数枚玻璃纸镇，一把铁芬尼[1]白玉拆信刀……

“胡球，请坐。”

胡球轻轻坐下。

地方惬意而有性格，拥有这样一个家并不容易，怪不得那么多女性想走进做现成女主人。

这时向明把一只塑料盒子放桌上。

这盒子约一呎乘一呎，分开许多小格子，每格都放着药丸，一共十多种。

“胡球，你看到了，这是我每日必须服用的药物，我不是病人是什么。”向明沮丧。

胡球不知说什么好，按住他的手。

“这一种，拿到市面，每粒可卖三十元，甚受青少年欢迎，可振奋精神。”

胡球把一只手指放到他唇上，示意他噤声。

向明轻轻含住她指尖，少女意外。

---

[1] 铁芬尼：蒂芙尼，Tiffany&Co.，世界著名的珠宝与腕表品牌。

胡球缩手站起：“参观你寝室。”

睡房宽敞，胡球只敢站门边，一张雪白被褥大床，一部跑步机，一看便知是单身汉房间。

“你结过好几次婚？”

向明轻轻说：“我并不为此骄傲。”

“她们为何离开你？”

向明不得不答：“我表现欠佳。”

胡球童言无忌：“哪一方面？”

向明无奈：“工作狂，很少回家，不喜观剧看戏旅游及饮宴，亦拒绝与她娘家亲戚往来，被讥讽为‘大老倌’，过年过节全部不理，也不计划生儿育女，够了没有，还要数什么罪状？”

“呵，绣花枕头。”

“多谢褒奖。”

“换言之，你爱独处清静，她们喜欢群居热闹。”

向明见胡球说得那样好，倒是一怔，呵，这么年幼的知己。

“很难有这样一对一谈心机会可是？”

他想趁势伸手捧着她脸吻一口，却又犹疑，以往最常用的伎俩，此刻一点也用不着，他就是不敢轻举妄动。

他轻轻说："看到床头的警钟否，有事即刻按动，直通医院急症室。"

换言之，这不是一张浪漫大床。

胡球缓缓说："都参观过了，十分舒适，却不是家庭屋，我还是喜欢我家。"

"当然，你是小公主。"

"是，皇帝坐牢监。"

"对不起，胡球。"

"我不诉苦，不代表我心中不苦。"

"时间不早，我送你回宿舍。"

胡球问："什么，不留我？"

"我知道你年龄，你尚未合法。"

他拉着她手，送她回家。

临下车胡球这样说："我们都是damaged goods[1]，这便是人生。"

向明又一次惊异少女说出如此智慧语。

---

[1] damaged goods：受损货物，残货。

不寻常经历叫她提早成熟，以便生存。

“你回宿舍，还是回家？”

“妈妈怕传染给我。”

向明停车买了消夜食物给她。

一进门，同学便张望：“我们闻到烧鸡香味。”

又一次坐下老实不客气把烤鸡与花卷馒头取出分享。

胡球房间似宿舍一口井。

吃完一哄而散，食物渣滓盒子纸巾全留待主人家收拾，胡球一一做干净。

年纪轻，精神足，读讲义到夜深。

她在电邮这样同直子说：“以前，家母那一代，读完学士，已是堂堂天子门生，地位高贵，随时可以找到工作，薪水足够养家，今日？学士像预科，不过叫学生了解一下，兴趣何在，然后继续进修，如不，只有资格在商场卖鞋。”

直子答：“哈哈哈哈哈哈。”

“又祖母那一代，中学毕业，也堪称学贯中西，可以投入职场，升社会大学，他们是否很惨？并不，许多都成为好市民，算来，我们是最无用一代。”

“你归你，我是我。”

“直子，你快乐吗？”

“多谢关心，我很快活。”

“可有长远计划？”

“开心已经足够，难道还想把他们带回家不成。别多问，快去休息，记得向我报告球妈最新消息。”

这直子，益发沧桑，胡球记得第一次见她，她比现在的胡球大不了多少，已是检察部长助手之一，办起事来头头是道……

胡球睡着。

第二早在学校停车场，看到那叫祝佳的医科生，被好几个女同学围住，向他请教生物科难题，他精神奕奕，详细解答。

胡球对他有信心，他会百分百康复。

胡球打探母亲情况：“好些没有？”

女佣回答：“吃什么呕什么，我有点担心。”

“怕要再看医生。”

“医生说，把五天药份吃完再去。”

胡球抬头想一想：“不，立即，我回来陪她进医院。”

“让她睡醒这一觉，她刚刚回睡房。”

“我这就来。”

一见母亲就知执意没错，颜启真已经一点力气也无，需两人扶着穿衣下楼叫车。

一进私家医院急症室，看护迎上，马上叫医生，医生看一眼：“立刻办入院手续。”

颜女士并不反对，她很清楚自己情况，觉得住院比较放心。

女佣说：“我回去收拾些日用品。”

胡球在休息室等候。

医生说：“先做几个简单测试，胡小姐你可以先回家。”

女佣折返，两人商量过后，决定让胡球回宿舍。

胡球与直子诉苦：“简直是人性枷锁，日夜折磨，没有一天易过。”

“医院已是最可靠之处。”

胡球天未亮梳洗回医院，在停车场看到向明的黑色房车。

胡球忍不住落泪，她真该死，还约他游泳，真是好梦易醒。

他们一起去见医生。

医生出来轻轻说好些时候，才发觉向明不是颜女士的丈夫，亦不是胡球的父亲，医生脸色显得更加慎重，他要说的除却医学名词，其实只有两句话：颜女士患二期肝癌，最彻底治疗是换肝。

向明请治疗组实时安排。

医生现出难色："众所周知，轮候肝脏移植名单冗长，未能定出时限。"

胡球站出："我愿捐出原本由生母细胞衍生的任何一部分。"

医生感动。

"不可以！"

大家转身一看，原来颜女士由人搀扶着出来。

胡球说："不要去理她。"

"你尚未满十八岁，未能独自做主。"

胡球说："我正式监护人是邓永超律师，她可代我签名。"

颜女士面色煞白："我怎可危害女儿生命。"

"母亲你是理科学生，肝脏会得重生，我年轻力壮，风险最低，还考虑做什么，立即通知邓律师。”

颜女士看着向明：“向先生你说句公道话。”

向明回答：“胡球意见正确。”

邓律师气吁吁赶到：“这个症候为何没有及时诊断，庸医害人！”

立即代胡球署名。

医生立即安排胡球检验。

向明问医生：“可有风险？”

“任何手术均有危险，手术成功率几乎百分百，但捐赠人与受赠者愈合反应各异。”

向明觉得再问下去也枉然，几乎同读托罗牌与测字差不多。

他问邓律师：“球球可有什么预感？”

“胡球说她只想帮助母亲过此难关。”

“她一向对事物有敏锐预感。”

“看自己的事，就没有那样清楚，这是小胡球的一个劫数，少女苦难甚多，真不公平。”

两个成年人唏嘘。

向明轻轻问：“胡球尚未成年？”

邓律师看着他，似笑非笑："还差一年，你已等了好久可是？"

这一句话叫向明涨红面孔，他讪讪抗议："邓永超你倚老卖老说些什么，你太低估我人格。"

"你怕人言？"

"我才不理那些。"

"那就不必急急否认。"

"我并非恋童癖。"

"熟人都知道胡球从来不是一个小童。"

向明沉默，自从在医院第一次看到那张小面孔，他就知道她会是他知己，那么小……时差不对，缩短三五年又还好些。

他无奈，只得处处关怀。

他俩好不容易等到胡球检查完毕。

医生这样说："适合移植，完全配对。"

胡球轻轻说："请医生准备。"

然后，她对向明说："我俩有约，记得吗？"

向明茫然，约什么？

"我俩约好去游泳。"

呵，是，一整天的焦虑慌惶叫他心身炙痛，当然不记得游泳之约，亏小女孩提醒他。

但他实在已无心情。

邓永超听见，却说："好主意，快去散散心，这就是胡球的智慧：如果天要掉下来，管他呢，能轻松就去松一下。"

向明唯唯诺诺。

"我有话与颜女士讲，她不愿签名，坚持母亲不可割取女儿的肉。"

向明与胡球离去。

在病房里，颜启真问邓律师："没有别的医治方法？"

邓律师出示映像："看，这是健康肝脏：硕大、饱满、棕色带红，协助分泌胆汁消除血液中毒素，这，是患癌的肝脏，黑、干、萎缩、僵硬——"

"不要再讲下去。"

"请不要抗拒移植手术，胡球怎可能眼巴巴看着你失救。"

"倘若她有什么闪失——"

"我对该次手术有信心，孝感动天，精诚所至，金石为开。”

事主呆呆不语。

那边，向明回家换泳衣，翻箱倒箧，最终找到不知年，宽大牛仔布短裤，就是它吧。

约好胡球在泳池外等，忽然看到她穿着密实潜水衣出现，还戴着老式橡皮泳帽及护镜，那样丑怪，毫不性感，别的少女都晒得一身太阳兼穿三点式……

“来。”胡球伸手招他。

向明见她如此可爱，笑得弯腰。

他脱下上衣，胡球“啊”一声，向明当胸一条手术疤痕，长如八吋拉链，紫红色，异常显著。

向明见胡球变色，连忙套回线衫，跃入水中：“比赛开始。”

二人再不说话，与水搏斗。

三个塘之后，两人都诧异对方功力深厚，不容小觑。

结果胡球以半个身子稍胜。

她伏池边说：“喂，向先生，你泳术不差呀。”

“我也没料到你是泳将。”

“下次穿少些，比较不阻水，一定更快。”

刚说出口，发觉有大大语病，怎可叫他衣服穿少点。

可是向明没发觉，他吁出一口气：“力气得慢慢练回来。”

两人披着浴衣回宿舍。

向明许久没有这样湿漉漉，觉得有趣。

进房关上门，胡球要求：“看看。”

“看什么？”

“不久我也会有同样手术疤痕。”

向明恻然：“你的不一样，肝脏手术切割呈 L 形。”

“不能用微创手术工具？”

“我想不。”

他再把上衫除下。

胡球很斯文，蹲下近距离观察，在茸茸汗毛中，疤痕仍然触目惊心。

“还痛吗？”

“阴天、下雨，会有酸痒感觉，每天都要服药。”

“它可会与你说话？”

“谁？”

“移植的心脏。”只有小少女才会问这样问题。

“我想没有。”

“原细胞一些记忆也无，心可有在夜深轻轻诉说，心曾经拥有的梦想，心的所爱，心的忧伤，以及心放不下的一切，心可有托你去实现一些小小诺言，心可会妒忌——”

向明不知如何回答，这便是传说中的柔情蜜意。

他只能握住胡球小小双手。

半晌，他说：“我得回家更衣，明早接你到医院。”

胡球握着他的手一会儿，终于松开。

向明在车上接到邓律师电话：“你独自到医院来一次，球妈要同你说话。”

“做完手头上事情，三十分钟后到。”

向明匆匆淋浴更衣，问相熟餐厅要几道清淡菜式，顺道带到医院。

邓律师招呼他：“请坐。”

向明说：“这盅炖蛋倒还鲜甜，球妈请用。”

邓律师一看：“噫，这客日式猪排饭是我的吧。”

“一点不错。”

邓律师坐一角享用食物。

“球妈有话对你说。”

“是，我听着。”

向明身体语言极佳，身子微微前倾，小心聆听。

球妈喝一口水：“向先生，你与胡球二人，籍贯年龄背景学历生活环境社会身份都毫无相似之处。”

向明摊摊手：“可不就是。”

邓律师微笑：“向明，这是你一生最重要一次面试，所有问题，小心回答。”

球妈却说：“心里想什么就说什么便好，你什么时候开始爱着胡球？”

“一开始之际，约五年前吧。”

“你喜欢幼女？”

“不，刚巧胡球年幼，但她感情成熟。”

“在她母亲眼中，永远是小孩。”

“那是必然的事。”

“为何爱她？”

这时向明脸上出现温柔神色：“因为她可爱，举手投足，一言一动，都纯真清澄勇敢。”

“不是每个孩子都那样吗？”

“不，案件里若干六七岁孩童便会捏造证据，冤枉他人，并且振振有词诿过，更有十一二岁杀人凶手。”

邓律师轻轻回答：“我最欣赏胡球的勇敢。”

“可怜的小球。”

邓律师说：“我不认为你拒绝她捐赠会令她活得舒服，你俩相依为命，谁没了谁都不行。”

“父母总会先子女而去。”

邓说：“倘若寿终正寝又做别论，此刻可救你又被拒绝，叫她气愤，她一世不得安乐。”

向明忍耐不出声。

球妈脸容苍老，双眼深陷，肝脏叫作 liver 自有原因，它若有病，患者不可存活。

小桌上放着医生制作的简单塑料立体模型，红笔画出切割部分，门外汉都看到稍微大过一半，难怪球妈踌躇。

向明轻轻说别的：“华裔一贯认为气郁伤肝，果然如此。”

“心情长期抑郁，必定影响人体健康。”

球妈说：“向明，球球对你如何？”

向明想一想：“对着胡球，我一向自卑，不，不是因为年纪或经历，我过得了自己那关，我不是一个龌龊老男，我只担心本身健康状况，我经年终生服药，是个半伤残人士，我与她并不配，所以迟迟未表心意。”

他忽然解开纽扣：“胡球适才见过这个伤疤，这是我肋骨锯开，取出心脏之处。”

球妈吓一跳，没想到伤疤这样显著。

向明忽然微笑：“球不久之前对我说：以后，她与我一样，当胸有一道伤疤，从此我俩可以平起平坐。”

邓律师惊叹：“这胡球，如此明敏，一早看穿你的心事。”

“胡球从来不是小孩。”

球妈落泪。

“别哭，一人哭泣，人人哭泣，悲伤与快乐都会传染。”

向明轻轻说：“球妈，把球球交给我，我会照顾爱惜她。”

“你是个结婚分手订婚报销无数次的人，你身边这一刻还有女伴，如何实现诺言？”

向明无言。

看护进来：“怎么，尚未签字？颜女士，久拖无益，时间不早，该休息了，请访客离去，噫，这盅鸡蛋好香，你可尝试吃一点。”

邓律师说：“我守更陪她，向先生，你请回去休息。”

向明讪讪红着脸回家。

总算见过伯母，在这种年纪，早已忘记有此一关。他精神有点恍惚，他的女伴全是成熟女子，何来伯母，全部自作主张。

既然表态，就得有点准备。

他轻轻推开客房门，这间寝室可称最名贵杂物间，里边随意放着他女友考究的衣物鞋子甚至旅行箧，他打开一个大箱子，把不属于他的东西丢进。

稍后觉得不妥，他拨一通电话。

那边立刻来接：“明？”

向明吸一口气：“你有些杂物在我处，星期天整日我不在家，你如方便，可以过来收拾取走。”

那边沉默。

向明轻轻说：“对不起。”

“明白。”

“仍是朋友？”

“我得想一想。”

“我——”

那边已经说：“再见。”挂上电话。

没一字啰唆，向明自觉幸运，这个女子恁地懂事，不枉交往数年，他知道有些男女爱吵闹，分手后还一直拍桌子叫闹，十年八载不休，没完没了。

她却一句话也无，连为什么都不问。

他真是幸运。

向明吁出一口气。

这几天他一早出去陪胡球。

经过谨慎考虑，整组人医务人员定下日期，这时，向明寝食难安。

胡球到底年轻，照样上课运动，同学知道她要做该项手术，走过她身边，同系与否，都伸手拍一下她的肩膀，以示鼓励。

胡球同母亲这样说：“那么多人关心我俩。”

邓律师说：“我知道本市有四千五百名病患者等待器官移植，我鼓励捐赠善举。”

“我与球球都已签名，我俩若有不妥，一切可以用的器官都予以捐出。”

这样豁达，真是好事。

母女紧紧拥抱。

胡球出示一帧自拍照片：“这是手术前，手术后再拍一张。”

邓律师一瞄之下大惊失措：“裸照，球球，此照一定要毁灭。”

照片里的小胡球脸色有点慎重，眼神一丝忧伤，雪白胸膛，小小碗形蓓蕾似乳房，丝毫不觉猥琐。

邓律师气结，双眼发红，拍照留念也是好的：从前，十七岁，她有完整身躯。

邓永超含泪咕哝：“这一代人喜欢自拍，一大堆私隐万一流出——”

胡球把照片副本送给向明。

向明接过照片像捧住胡球余生，双手颤抖。

那天他回家，发觉客房杂物已全部搬清，并且吸尘打扫干净。

他默默无言。

客厅桌子上放着小小一束紫蓝色毋忘我。

这聪敏女子让他觉得他辜负了她。

他在客厅里静静坐了一夜。

第二天他陪胡球骑自行车环山径筹款比赛，一共百多名参赛者，大部分是学生与教职人员，赛果：胡球排八十九，向明九十，但二人共筹得善款九万元，成绩首位。

沐浴更衣，胡球往医院做准备。

她这样对向明说："我要你寸步不离陪着我。"

向明拥抱她："你怎么看我俩前程？"

胡球看到他双眼里去："你会活到八十多岁。"

"那多好，你呢？"

"我会安然走出病房。"

"球妈呢？"

"她重获健康，随着坏肝而去是深藏抑郁，从此她会舒坦生活。"

"你的预言一向甚准。"

"那也不过以机会率计算可能性：剔除不明朗因素，剩下就是真相。"

最后一刻，邓律师大声说："有什么话要讲，现在好讲了。"

主诊医生说："让我们一起祷告。"

祈祷完毕，邓律师把胡球轻轻拉到一个角落，这时胡球已穿上白袍戴上帽子，邓永超低声说："向明是心脏病人，我与球妈担心一件事，呃，他的能力，会否受到影响。"

胡球问："什么能力？"

"那方面能力。"

胡球忽然扬声："向明，球妈及邓律师想知道中年兼做过心脏手术的你某方面可有影响，即——能否——以及持久。"

此言一出，整个病房的人怔住，静寂一片，鸦雀无声，掉一根针都听见。

两个中年女子恨不得找地洞钻，向明一生人从未如此尴尬，面孔烧红。

正不知如何收场，勇敢的主诊医生若无其事不温不火不徐不疾说："据我所知，向先生心脏移植成功，对生活毫无影响，当然，我不会叫他做剧烈持久运动像跑马拉松。"

胡球一听，哇哈笑出声，接着，其他看护也笑，球妈与邓永超也发出咕咕声，整间病房竟然充满欢喜，啊，调皮的胡球用急智救了他们。

胡球终于与球妈分开。

“妈，待会儿见。”

球妈别转头，泪如雨下。

邓永超嘀咕：“又哭又笑，没个长辈样子。”

向明一直陪到胡球在麻醉剂影响下闭上双眼。

他深吻她冰冷双手。

胡球被推入手术室，房里除出仪器，站满医生护士，严阵以待。

邓永超说：“那么多人合力救一个人，必定成功。”

球妈的女佣也来了，邓律师说：“你怎么到现在才到？”

女佣嚅嚅：“我是外人——”

“你是外人，那我们全是陌生人，到这个时候还说这种话，罚你实时回家做三种球妈爱吃的甜点。”

“是，是。”

“一有消息我通知你。”

“是，是。”

“把家居收拾干净，带小狗去洗澡剪毛，母女出院后家居环境必须绝对清洁，如不够人手，可邀帮手，费用没有问题。”

“是，是。”

“去，去，你这个外人。”

女佣说：“我带了一些清火的绿豆百合甜汤。”

“放下。”

原来邓律师才是总管家。

向明在一边揉揉疲倦的脸：“像你这样英勇强健的女子，为何迟迟未婚？”

邓永超瞪眼：“因为与我年龄背景相仿的男性，都喜欢十六七岁稚女。”

向明立刻知道造次，打揖说：“对不起对不起。”

“手术要五个小时，你一直坐这里？”

“我回办公室。”

“我也有工作。”

“总得有个人坐这里。”

背后有一个声音：“你们可是牵挂我？”

向明欢呼：“直子！”

直子答：“飞机延误三小时，否则早就到了，害我心急如焚。”

邓律师说：“劳驾你了。”

剩下直子一人，她有备而来，带着厚毯子，裹住上身，盘腿读专为女性所写的情欲小说。

两个小时过去，直子追问：“喂，怎么一点消息也无？”

“你是哪间病房亲人？”

原来忘记报名，直子立刻说出病人姓名。

这时医生刚巧出来：“胡球手术已经成功完成缝合，颜启真部分比较复杂，即将开始。”

“胡球无恙？苏醒没有？”

“尚未，待会儿有人通知你。”

直子不语，静心等候。

这时邓永超回家梳洗更衣后返转，听到最新消息，觉得安慰，递上咖啡。

“这是我家门匙，你回我处休息一下。”

“不用，我待这里就好，外头怎么样？”

“大家照旧各归各忙碌生活，我如常呼喝手下，向明正与市长开会，今日天气甚佳，艳阳高照，蓝天白云，外边可不管多少病人在医院挣扎。”

直子把手放在邓肩上。

“做人没意思呵，做女人尤其艰辛。”

直子一贯活泼：“你若转变性别，我做你女友。”

邓永超百般无奈苦笑。

陆·

人不自爱，谁来爱之，
人若自爱，人人爱之。

那边，病床上，胡球渐渐恢复些许意识：黑暗、静寂、冰冷，她小脑袋想：仿佛穿越虫洞，极速去到相对宇宙又返转回家，时空再不一样，她或许已是老妇。

她身在何处，莫非已经不在人世，但这么宁静，倒也不怕。

她心灵渐渐清晰。

“胡球，胡球，”忽然有人在她耳畔叫，“听见吗，听见就回答。”

胡球张口，声音沙哑：“妈妈，妈妈。”

身边的人说：“醒了，醒了，你妈妈很快来看你。”

胡球又昏昏然与时空拉扯，她看到熟悉背影，景唐？她走近搭住他肩膀，他转过头，背光，强烈似车头大灯，叫胡球看不清他脸容："你回来了，生活好否？"他没有回答，胡球怕认错人，急急退后。

即使是阿景，彼此也不再相认，他不出声，亦是应该。

有人握住胡球的手。

一个声音说："向先生，请戴上口罩，不要亲吻病人，免传细菌。"

向明叫她："胡球，胡球。"

见她嘴唇干燥爆拆，心里炙痛。

胡球哼哼唧唧，喉咙呜呜作响，像受伤小动物。

"妈妈——"

"她已平安过渡手术，你好好休息，稍后你俩可以见面。"

胡球点头。

"向先生，你请出去。"

胡球比较镇定，她轻轻叹口气，含糊地说："我已经尽全力了。"

不料看护一听，哭出声来："胡小姐你切勿这样讲——"立即被人请出房间。

再一次醒转，胡球才有力气睁开眼睛，并且感觉到炙痛，她知道这痛楚一定会加剧，她不打算吃眼前亏，摸到警铃按动。

看护进来，她说："痛——"

"已经下了止痛药，你且忍耐。"

"口渴。"

看护在她唇边挤柠檬汁。

直子的声音："我带来粥浆。"

"不行，胃部尚未能够妥善运作，一定辛苦呕吐。"

"妈妈，带我去看妈妈。"胡球挣扎。

看护知道胡球誓不罢休，便搀扶她慢慢走过邻居。

一眼看到向明站在房门玻璃外，胡球叫他，他惊喜："你起来了。"急忙扶住。

胡球靠在向明身上，觉得无比安全，她忍不住咧嘴微笑，蓬头垢面一身药水味的她此刻像垃圾箱拣回的破娃娃，但在向明眼中，却是瑰宝。

球妈躺床上，紧闭双目，脸色灰白，医生解说："颜女士康复期会比胡小姐略长，但她情况良好。"

胡球伏在向明背上，由他背着回房。

"痛吗？"

“像一只极热熨斗按在皮肉之上。”

“形容像真。”

“却可以容忍，因为球妈可以续命。”

胡球这时才有空打量向明，他脸容憔悴，一脸于思，鼻子泛油，西服稀皱，但，仍然英俊。

胡球双手搓他的脸。

向明疲倦微笑，他一直不觉累，此刻松弛下来，几乎睁不开眼睛。

中年到底不同少年。

胡球这时掀开罩衫看伤口，只见护理粘贴蒙着半个胸膛。

向明轻轻别转面孔。

胡球把上衣放下，握着他大手，抚摸他小臂，他的手与臂上静脉绽现，汗毛密密，男人，应该是这样。

胡球想起，一个非常美丽的女演员对记者说：“我要求他像一个男人即可。”这个要求，说高不高，但每个医学上可称男人的人，不一定像个男人，一万个也找不到一个肯承担有肩膀爱惜妇孺忠诚可靠的男子。

胡球觉得幸运。

她把脸依偎在向明手背上。

她等到了他，他也是。

省得在年老时，惆怅如旧，不住思念：世上确有一个他吧，只是终身没有遇着，也许，他也走过这条路，也喜欢这朵云，也曾在微雨里打伞在这湖边漫步思忆；世上总有一个她吧，只是有生之年，始终没有见到。

忽然，胡球也顾不得伤口吃痛，紧紧抱住向明。

只要像男人就好。

球女先出院，回到家中，恍然隔世，宛如幽魂还家，感觉凄惨。

幸亏有直子穿着香艳内衣在家里走来走去，补汤她先喝，甜糕她先尝，不到半个月，皮光肉滑丰满过人。

球妈也痊愈得不错，可吃稀饭，及冰激凌。

小狗哈哈依偎两个康复者脚下，人吃什么，狗吃什么，胖得像只小枕头，大家都怀疑这样下去不是办法，但哈哈这年纪——谁都不出声。

一个月后回到课室，讲师率先鼓掌，随后同学也都站起拍手欢迎。

有女同学做了大盒松饼，小憩时取出，胡球撕下一角含嘴里融化才缓缓吞下。

奇是奇在她并不欠学分，平时用功今日见到益处，讲师给她一些题目可以在家中做。

胡球说话走路，每一种动作都比从前慢一点点，在急急不知要赶往何处有何要紧大事的同学群里，显得特别优雅。

胡球对自己说：再世为人，就是这意思。

男生被再世女吸引，走过她课室，总会张望一下，有时可以看到她垂头看笔记或画册，半垂头，一直只穿白色上衣，脸色庄凝，五官精致，叫他们目光留恋。

一日，向明看着胡球不知多久，她没有改变姿势，他也没有，直至向明颈酸。

他轻轻说："我记得你仿佛有个小男朋友。"

胡球抬头，调皮回答："我也记得你有若干女朋友。"

向明心花怒放："是吗，你记得吗？"

胡球垂头回答："他一声不响离开本市，他家里不喜欢我，称我为死囚之女，再也不愿与我有任何瓜葛，他是理智型男生，故此静静离去。"

"嘿。"

“这一刻，我更成为胸前有一处大疤的死囚之女，谁愿意儿子与少了一半肝脏的女生做朋友，将来怎么办，这女子会否下半世哼哼唧唧躺床上，还可以延衍后代吗，有工作能力否，肯定是个秤砣，越早甩掉越好。”

这还不是贫富问题，健康更为重要。

“你不要自贬。”

“我才不会，人不自爱，谁来爱之，人若自爱，人人爱之。”

“这是你自撰的吧。”

胡球哈哈笑出声。

直子临走，这样问胡球：“你有什么打算？”

“你问，还是代家母问？”

“你家母。”

“先读完学士，毕业后，才好好思想，应该选哪一科升学。”

“嗄，啊。”

“我喜欢学堂，我深爱美术，我想自画中研究每一朝代欧洲列国贵族及平民的衣着帽饰……多有趣，但这算是美术或是人文学呢。”

“那造成你家母多大经济负担。”

“向明愿意资助。”

“那你打算一满十八岁便与他结婚？”

“不，不，结婚起码是十年之后的事，那时，或许我已找到理想职业。”

“世上并无理想职业这回事。”

“那么，是不十分讨厌的职业。”

“世上也没有理想伴侣。”

“冷水一盆，泼下来，信不信我打你。”

“对不起。”

“他愿意等你？”

“不知道，待我问他。”

向明与胡球一起送行。

直子上下打量这一对，世事不公平，明明年龄相差那么远，可是这一男一女并排站，看上去并无不妥，甚至相当合衬。

向明说：“办公室需要人手，直子你回来工作吧。”

直子摇头：“我在外国已找到小宇宙，洋人比较不那么势利。”

向明笑答："才怪，看你在何种圈子活动。"

这时胡球想起："向明，直子想知道，你是否会等我到二十七岁。"

"等？我不觉得我在等。"

直子一听，忍不住低呼："啊。"这就是秘密。

当事人不觉辛苦，向明他乐在其中。

向明这时紧紧握住胡球的手："结婚与否，有什么分别。"

"球妈希望你们结婚。"

"当然，我完全明白。"

直子还要说什么，向明佯装恼怒："你这女子，既不愿回来做我下属，又不是亲眷，事事干涉，十分讨厌。"

直子始终不放心："胡球，你的慧眼，可看到未来幸福？"

胡球答："幸福，就是眼前该刹那开心欢畅。"

直子怔怔想：胡球，你讲得对。

时间到了，依依惜别。

直子叮嘱："两人一起来探望。"

向明警告："直子，慎交男朋友。"

回家，见女佣四处寻望。

“慌慌张张干什么？”

女佣眼睛已红：“找不到哈哈。”

胡球放下一切：“呵，可是溜出门。”

“无人进出。”

“它必定是躲藏在角落偷偷吃零食。”

女佣说：“这两天很奇怪，叫它不应，也不走近，狗粮剩下许多，晚间，听见它咳嗽。”

“不妙，找到它，立刻送兽医处。”

胡球不想惊动母亲，每间房间细搜，家具底、衣物堆、柜背后，处处找遍，不见哈哈。

胡球浑身汗，一半是急出来，坐下，怔想。

已经肯定小狗在屋内，并无走失。

客厅以及卧室均不见它，厨房与工人休息处亦找不着，它最喜欢的角落是沙发底，那处也不见踪迹。

胡球站起，怎么没想到，洗衣房！

那处有一架干衣机，散出暖气，平日，它洗完澡，老是躺该处休息吹干。

胡球走到洗衣房，推开门，开灯。

在极角落，胡球看到它的睡枕一角，哈哈，找到了。

胡球轻轻扯出枕头，闻到一阵臭味，是排泄物，枕垫上还有小狗收藏着的饼干。

胡球已觉不妥。

女佣双手掩面。

她们同时看到狗尾。

胡球蹲下，顾不得伤口僵痛，她趴低轻轻把小狗自干衣机角落拉出。

“快送诊所！”

来不及了，它已经浑身僵硬。

胡球还算镇定，顺手取过晾着的大毛巾，小心裹好，抱在怀里，无比辛酸。

这些日子，家里老女佣与它最亲近，朝夕相处，她服侍它饮食卫生，她与它说话，哈哈是她的狗。

这一刻，她实在忍不住，哭出声。

球妈听见，走出探问，一见小小包裹，心知肚明。

“快别哭，这是它们的命运，快送到兽医处。”

女佣抹泪：“我去。”

“哈哈生命最后一年过得很开心，大家喜欢它，任它自在，又吃得饱。”

胡球收拾小狗身外物，只得那脏睡垫与几块狗饼，多干净。

“邓阿姨最讨厌，无端领十多岁狗到我家。”

“邓永超好心，超龄狗无人要，若非她，哈哈早已人道毁灭。”

“哈哈一点不像老狗。”

“那是因为你喜欢它。”

“你去通知邓阿姨。”

球妈用手抹女儿脸颊，咦，干什么，胡球这才发觉她早已泪流满脸。

半晌，女佣回来，一声不响，收拾清洁，然后，寂寞地坐厨房。

胡球陪她，见炉头放着一碟食物，“这是什么？”“给哈哈蒸的鸡腿。”“我来吃好了。”二人抱头又哭。

下午，大家没精打采，呆坐沙发，胡球忽觉腿痒痒，以为是哈哈，一想，它已不在，又再哽咽。

忽然门铃一响，是邓阿姨来访。

“我听说了。”她手里拎一只笼子。

胡球张望，只见毛茸茸一个头，鼻子四处嗅，小狗，是另外一只小狗。

邓律师打开笼子，小狗缓缓走出探路，它一团白色松毛，像是狮子，又似芝娃娃，这只混种狗十分可爱。

邓律师说："各位，见过嘻嘻。"

球妈第一反应："慢着，它几岁，来自何处？"

"它来自动物庇护所，据说三四岁。"

女佣松口气，双手有点颤抖，轻轻抱起。

小狗异常亲切，一动不动，伏在她臂上，仿佛知道已找到安定永久的家，以及爱惜它的人。

女佣忽然想起厨房做好的鸡腿肉，立刻把嘻嘻抱进厨房。

胡球低声说："谢谢你，邓阿姨。"

"不怪我多事就好。"

嘻嘻比哈哈亲善，但已认定女佣为主人，其余都是客。

胡球给它一只小枕头。

邓永超对胡球说："这就是生物多灾多难的生命。"长叹一声。

胡球双眼已肿，忽觉脚边毛毛，低头一看，是嘻嘻抬头看她。

球心略宽，但她仍然不会拥抱小狗或亲吻它，这是她的脾性。

她蹲下，轻轻拨开嘻嘻额前长毛，看仔细，吓一跳，呼出：“它只有一只眼睛！”

邓律师转过头：“你觉得这是问题？”

胡球一怔，随即微笑：“不，只是刚刚发现，真要疼它多些才是。”

球妈连忙抱起小犬：“正好，我也只得一半肝脏。”

电话响，球妈接听，说了几句，胡球只听见一连几个“不”，挂上电话。

她回来轻轻说：“我带嘻嘻看医生，有病浅中医。”

“谁的电话？”

“新明日报记者，说要访问我们母女关于移植手术的事。”

“你拒绝了。”

“要女儿冒生命危险，还说呢，好意思。”

邓永超说：“但这是一个见证，鼓励市民捐献救人，功德不浅。”

球妈沉吟。

“噫，尽一己之力，待我复这名记者，请他把重点放在捐赠上边。”

球妈看着女儿，胡球点点头。

邓律师拿出专业口吻：“切勿硬销，请记住这并不是一宗愉快的事，不必强颜欢笑，故作轻松，只把事实清晰讲出，深入浅出。”

下午向明来了，闻讯这样说：“好主意，我若不是公职人员，早已接受访问。”

球妈说：“还得拍照呢，这番真要牺牲色相。”

邓律师说：“母女都把头发拢起，穿同款白衬衫卡其裤，打个粉底即可。”她兼做美术指导。

傍晚，胡球邀向明玩电子游戏，这个新项目叫“蓝色火星”，极受欢迎，效果做得像一出电影，但与打斗爆破无关。它假设破解某国国防部至高密码，危机重重，惊险万分。

向明并非没有兴趣，但自知不敌胡球，她那一代是电子婴儿，会得运用手指时小手便已按在计算机板上，电子器具犹如她第三只手。

果然，他三次失败被困黑狱，不得不使诈，被胡球揭穿：“你不依程序！”“偷入他国国防部，还管什么程序。况且，孙子云：兵不厌诈。”

胡球生气，扑上拧他面颊，他抵抗，两人咚一下滚到地上撕打。

球妈说：“喂喂，胡球你的伤口。”

向明汗颜：“对不起，玩得太疯。”

球妈心想：你返老还童了。但他是英轩男子，乐疯又不觉肉酸。

访问刊登出来，记者写得溢美：“这么漂亮又相爱的母女，长得极之相像，看上去如姐妹一般。”果然，衣物发式相似，笑容也同样含蓄，是像。

其他媒介如电视台也要求同样访问，被球妈婉拒：“前后累足一个星期，可一不可再。”

向明把报上照片剪下放银镜框内。

他的上司发话了：“这是你的小女朋友吧，人家都在说话，他们妒忌。”

向明只是笑。

“向明你不枉此生。”

“长官你揶揄我。”

“向明，明年我退休，我已向首长推荐你坐这个位子，你最好正式结一次婚。”

“啊。”

上司也觉无奈：“人在江湖嘛，向明，你比谁都是明白人，成年世界，莫非一样换一样，最原始的以物易物，总得有所牺牲。”

向明还能说什么。

上司最后说：“父母亏欠我，我长得丑，大女人与小女孩都不喜欢我。”

向明忍住笑，憋得咳嗽。

每个人都有遗憾，信然，每个中年人都觉得最终所要的并没有得到，心事，终于虚话。

那天晚上，他自胡球处回来，在书房独自处理文件。

这一段日子，过得丰硕舒适，他不敢明言，但确是他一生最满意的时光。

他已单方面着手物色新居，照胡球的品位：空间大一些，需有海景，最好门外有几棵老年影树，夏季整树顶开满大伞似的血红色花……少家具，不用装修，越简单越好。

——这就对了。

向明猛地抬头，谁，谁同他说话?

语气像胡球。

刚回来就想她，他轻轻说："胡球我爱你。"

全世界人都知道你对她的心意，你俩都幸运。

向明一惊，站起，文件跌地上。

这似他揶揄他自己，但，又不像，不过，他肯定室内只有他一个人，那么，是谁同他讲话?

嘻嘻。

这怎么会是他，电光石火间，向明掩住胸口，他明白了："相安无事近十年，为何忽然说话?"

只能开一次口，这是第一次，也是最后一次，一直不停地说，变成缠扰，多么可怕。

"为什么选现在说话?"

心中话、心事，都该挑适当时候讲，胡球与我心思相近，我很欣喜，祝福。

"谢谢你助我重生。"

已经——得不到回复。

向明讶异到极点，脱去上衣，俯首看胸口，伸手按着胸膛，可以感觉到心跳。一球肌肉，有生之年不住翼动，把血液由大动脉爱奥他泵至全身循环回返大静脉维那卡戈，心脏并非人体最复杂器官，但一颗心负责生命。

他轻轻拂拭胸前疤痕，像是听到一声叹息。

这时，幸亏电话铃响了。

胡球找。

她说："想听你声音。"

"球，我们结婚吧，住一起，朝夕相见。"

"我也这么想。"

"快休息，明早接你上学，届时商议。"

"再见。"

挂上电话，书房静寂，向明想：疑心生暗魅了，人倦怠到极点就会这样。

他悄悄躺到床上，心里期待明朝。

图书在版编目（CIP）数据

悠悠我心 /（加）亦舒著 .—长沙：湖南文艺出版社，2017.7
ISBN 978-7-5404-8122-3

Ⅰ．①悠…　Ⅱ．①亦…　Ⅲ．①长篇小说－加拿大－现代　Ⅳ．① I711.45

中国版本图书馆 CIP 数据核字（2017）第 119114 号

上架建议：畅销・小说

YOUYOU WO XIN
悠悠我心

作　　者：[加] 亦舒
出 版 人：曾赛丰
责任编辑：薛　健　刘诗哲
监　　制：毛闽峰　赵　萌　李　娜
特约监制：刘　霁　郑中莉
策划编辑：李　颖　沈可成　谢晓梅
文案编辑：马玉瑾
营销编辑：贾竹婷　雷清清
封面设计：张丽娜
版式设计：李　洁
出版发行：湖南文艺出版社
（长沙市雨花区东二环一段 508 号　邮编：410014）
网　　址：www.hnwy.net
印　　刷：北京天宇万达印刷有限公司
经　　销：新华书店
开　　本：775mm × 1120mm　1/32
字　　数：190 千字
印　　张：8
版　　次：2017 年 7 月第 1 版
印　　次：2017 年 7 月第 1 次印刷
书　　号：ISBN 978-7-5404-8122-3
定　　价：38.00 元

质量监督电话：010-59096394
团购电话：010-59320018